Gérard Porcher

Les manuscrits de la mort

Éditions Dédicaces

LES MANUSCRITS DE LA MORT
par GÉRARD PORCHER

ÉDITIONS DÉDICACES INC.
675, rue Frédéric Chopin
Montréal (Québec) H1L 6S9
Canada

www.dedicaces.ca | www.dedicaces.info
Courriel : info@dedicaces.ca

Gérard Porcher

Les manuscrits de la mort

"Le Couesnon dans sa folie
mît le Mont en Normandie"

I

« Une masse granitique s'élance à 180 pieds, et sert de base à un développement prodigieux d'édifices : longues murailles, tours élevées, modestes maisons, château-fort, monastère gothique, clocher, toutes ces constructions échelonnées, atteignent une telle hauteur, que, du niveau de la plage au sommet du clocher, l'œil étonné mesure 80 mètres.

Cet îlot rocailleux, est exposé aux vents violents venus de l'océan, ce donjon, dominant cinq lieues alentour, résistant aux assauts du temps, ce roc, tutélaire, par la grâce de l'archange.

Qui ne connait le Mont Saint-Michel ?

Pourtant, la surprise reste intacte, chaque fois que l'on redécouvre sa silhouette dans le lointain, posé au milieu des sables, tel un joyau dans son écrin.

Je l'avais vu d'abord de Cancale, ce château de fées planté dans la mer. Je l'avais vu confusément, ombre grise dressée sur le ciel brumeux.

Je le revis d'Avranches, au soleil couchant. L'immensité des sables était rouge, l'horizon était rouge, toute la baie démesurée était rouge. Seule, l'abbaye escarpée, poussée là-bas, loin de la terre, comme un manoir fantastique, stupéfiante comme un palais de rêve, invraisemblablement étrange et belle, restait presque noire dans les pourpres du jour mourant. »

Voilà ce qu'écrivit Guy de Maupassant sur le Mont-st-Michel.

2

Ce mois de novembre est glacial, une pluie épaisse rend gluante la Grande Rue. Le vent violent et les giboulées frappent au visage, plaquant l'imperméable au corps.

La forme sombre, qui gravit cette montée menant à l'abbaye, tient son capuchon sur sa tête. Il marche courbé dans cette pénombre. La rue étant peu éclairée, les hautes demeures médiévales avec cette voie centrale étroite écrasent littéralement l'endroit, laissant une atmosphère pesante. Au passage d'un candélabre, on aperçoit à peine son visage, le regard sombre, les yeux baissés regarde où il pose ses pieds. Un visage sans couleur, terne.

Sa démarche est rapide, avançant par saccade, par moment il s'arrête et jette un regard furtif aux devantures, essayant de deviner une ombre qui pourrait se refléter sur une vitre. L'homme n'est pas tranquille. Il surveille ses arrières. Il est vrai que se trouvant seul à 23 heures à monter cette rue, il en est inquiet. Pas un passant, pas une boutique ouverte. A cette heure-ci, il n'y a pas de touristes. Pas de vacances, ce froid tenace avec cette pluie, annonçait une tempête. Il valait mieux rester chez soi.

Mais notre homme continue inlassablement son petit bonhomme de chemin, toujours aux aguets. En plus du vent, la pluie tombait fortement et notre homme se courbait tel un roseau pliant sous les coups du vent.

Un peu plus haut, avant les premières marches menant à l'abbaye, un homme attend, caché dans le recoin d'un restaurant. Lui aussi est emmitouflé dans un grand kabig de style breton, se protégeant de ce froid de canard. La clarté d'un lampadaire se balançant par la force du vent, se reflétant sur un objet tenu dans sa main droite, faisait comme s'il lançait un signal. L'homme est armé.

Plus bas, il aperçoit la forme pliée qui avance à grande enjambée. Il s'engouffre plus profondément dans l'entrée du magasin. En reculant il se cogne à la porte vitrée, la vitre tremble et fait un bruit étrange qui se mélange à la fureur du vent. Il regarde l'homme qui n'a pas bronché, trop occupé à surveiller ses arrières.

Encore cent mètres et l'affaire est dans le sac.

Sa mission sera terminée.

Il prépare son arme, un poignard qu'il tient fermement dans sa main droite. De son passage à la légion étrangère, il avait appris le maniement des armes blanches et tuer des hommes et des femmes ne le gênait nullement. Mais passons, c'était une période noire, oublions là se dit –il.

Un bref coup d'œil sur la vieille rue.

Cinquante mètres, l'instant fatidique.

L'action qu'il attendait…

Son bras se lève lentement…

Son regard devient plus dur, sa respiration plus lente.

Le destin allait décider de la vie d'un homme avec ce poignard qu'il avait à la main.

Une vingtaine de mètres et c'est fini.

Comme cela est souvent le cas au Mont, avec des moments de calme et d'un seul coup des moments d'agitation. Le vent devient plus fort, des sifflements aigus résonnèrent dans l'air. Quelques panneaux de pub volèrent dans la rue, projetés avec force par le vent. Certains commerçants avaient protégé leurs boutiques des fureurs de la tempête, en fermant leurs grilles ou leurs volets, comme si le démon d'un seul coup revenait combattre Saint Michel. La tempête devient virulente avec des éclairs aveuglants, le Mont est comme enveloppé d'un manteau de fureur. Les forces de la nature se veulent complice du mal.

Le mal du diable…

De ce crime qui se prépare…

Ou des deux à la fois.

Les deux antagonistes sont maintenant proches. L'homme ne devine pas à sa droite qu'une ombre est prête à s'abattre sur lui, comme un aigle se prépare à fondre sur sa proie.

Le geste est rapide, net et précis.

Dans une clarté de la nature, parmi ces gros nuages noirs, épais, le bras armé, s'abaissa d'un seul coup, puissant, geste simultané avec le rayon zébré de l'éclair. L'homme, les yeux hagards n'eut pas le temps de réagir.

La lame du poignard pénétra d'un coup sec, droit au cœur. Il ressentit une douleur foudroyante, comme un pincement au cœur, son regard se porta sur son tueur, il ne voit que des yeux durs, froids et féroces. Sa vue commence à se perdre, à se brouiller et d'un seul coup la nuit noire comme la profondeur des ténèbres, lui ferme à jamais ses yeux, et il s'écroule comme un pantin désarticulé, ses jambes ne le soutenant plus.

Parallèlement, les éléments se déchainaient avec violence, les bourrasques de vent étaient de plus en plus fortes, les éclairs et le bruit du tonnerre résonnant avec fracas. La grande Rue était devenue un lieu de tempête et de mort.

Le tueur essuie son poignard sur les vêtements du mort tranquillement comme si de rien n'était et le range dans son étui. Puis insidieusement, il s'en va dans le noir et disparait comme un fantôme dans les dédales du Mont-st-Michel, sans un regard vers l'homme, qui reste immobile sur le sol, son sang se mélangeant à l'eau de pluie qui se répand dans le caniveau.

L'homme recroquevillé au sol, reste là, dans l'indifférence totale.

Ne bougeant plus…

La vie s'en est allé…

Dans les nuages noirs chargés d'électricité…

La tempête tombe et un calme étrange se répand sur le Mont, sur ce tas de pierre moyenâgeux. L'ambiance est devenu soudainement froide, vaporeuse et sans vie. Il y a dans l'air comme une atmosphère impalpable. Comme à chaque fois sur le Mont, après la tempête, il y a un calme précaire.

Une vie s'en va et la tempête disparait comme par enchantement.

Comme si le diable avait pactisé avec les éléments, une fois l'acte délictueux accompli.

Mais pourquoi ce meurtre ? Qui y avait- il derrière tout cela ?

Tout là-haut, sous la basilique, une crypte nommée notre Dame sous terre est fermée.

A l'entrée, dans la pénombre de la grosse porte en bois, se tient un homme, petit, trapu, rondouillard, très peu de cheveux sur une tête ronde, un petit nez aquilin au milieu du visage avec des yeux noirs rapprochés sous des sourcils épais.

Il est là à attendre un hypothétique rendez-vous. Par moment, il fait quelques pas pour se dégourdir les jambes.

Deux heures à attendre. Pour rien. Transi de froid, il resserre son col, boutonne son veston, il se redresse et regarde vers le lointain, vers la digue en plein travaux. Et il s'en va, dépité.

Pourquoi n'est-il pas venu ? Pourtant, je suis sûr qu'il a les documents. Sa fille les lui a donnés car elle n'est pas capable de gérer ce genre de situation. Il va falloir que je les recontacte. Il me faut ces documents. Il se dirige vers le village, en passant par une passerelle qui descend vers le cimetière villageois, puis arrive auprès de la porte de l'Avancée.

Il va au parking, rentre dans son véhicule, démarre et s'en va. Un peu plus loin il passe auprès d'une Kaléos, le véhicule est seul dans ce vaste parking. L'homme falot continue son bonhomme de petit chemin, ne faisant pas attention à l'automobile et disparait de la vue du Mont. Ce soir là, deux destins n'ont pas réussi à se rencontrer.

Ce rocher, ce monument historique que l'on aime bien visiter, gravir les marches menant à l'abbaye parfois par une forte chaleur et admirer la baie à marée haute, ce haut patrimoine de la France cacherait-il ses secrets ? Un meurtre au Mont-st-Michel, c'est un crime de lèse-majesté. Le premier meurtre aurait, pu avoir lieu en l'an neuf cents par la décapitation d'un moine ou l'empoisonnement de l'Abbé Hildebert. Enfin peut-être, ou alors c'est une légende…

Que va-t-il se passer maintenant dans ce lieu Saint où plane le mystère.

C'est le mystère du Mont-st-Michel…

3

Cinq heures du matin, le Mont est encore endormi, dans cette nuit noire, il y a un calme digne d'un monastère. Pas un brin de vent et de pluie, mais le ciel est couvert par des gros nuages noirs, massifs qui avancent au gré du vent, cela ressemble aux fumées épaisses, qui sortent des cheminées des anciennes locomotives qui fonctionnaient au charbon.

Un religieux, venant du dortoir des moines, quitte l'abbaye, le seul être humain à cheminer dans cette rue. Il aurait pu sortir par la Porte Echaugette, mais il a préféré passer par le réfectoire, puis descendre les marches de l'Abbaye. Pour renforcer la musculation de ses chevilles.

Le frère Gilles va faire son jogging habituel. De sa foulée légère, il s'en va faire un tour sur la digue. Il estimait que de faire, cinq à six kilomètres par jour au petit matin, lui permettait de garder la forme et la jeunesse. Cela lui faisait du bien de s'aérer les poumons, de quitter la monotonie de la chapelle et la froideur de l'abbaye. Le frère Gilles était un grand gaillard robuste. Une allure d'athlète avec un visage émacié, le nez très fin, un regard bleu pale transparent. Avec son jogging gris long sur gros pull-over de couleur vert caca d'oie, il avait plus l'aspect d'un sportif que d'un frère des Fraternités Monastiques de Jérusalem.

Soudain, il s'arrête net, le pied encore posé sur la dernière marche. Le Frère Gilles fronce ses épais sourcils, son regard s'assombrit, quelque chose cloche dans la descente du Mont.

C'est quoi cette chose là ? Se dit-il.

Que fait là, cet homme ? Il dort. Allongé de tout son long sur le trottoir auprès du restaurant du Mouton blanc, enveloppé dans son grand manteau, sa capuche lui cachant le visage, un homme semblait s'être assoupi dans la rue.

On dirait qu'il dort.

Est-ce un pèlerin ou un SDF qui fatigué, se serait effondré là. Quelques chats tournent autour de cette masse inerte, et à son arrivée ils prennent la fuite. Un court instant, le religieux hésite, doit-il le réveiller ? Mais quelque chose d'anormal dans la position du corps le fit s'approcher. C'est surtout cette longue traînée rougeâtre qui s'étend vers la rigole qui l'intrigue. On dirait du sang.

Il s'agenouille pour bien regarder cette forme bizarre. Pour mieux le regarder, il soulève tout doucement son capuchon.

L'homme ne dort pas. Il est mort.

Il fait le signe de croix.

Quelques sons sortent de sa bouche.

La prière des morts.

Paix à son âme.

Il se relève, regarde autour de lui, personne. La Grande Rue est vide, aucune boutique ouverte. Son regard se tourne machinalement vers la chapelle St Pierre, le lieu saint dominant de sa hauteur l'endroit où il se trouve est désert. Il décide de se rendre au bureau de la police municipale qui se trouve à cent mètres. La grosse porte en bois devenue grise par les intempéries, en impose. Des ferrures de fer forgé patinées par les temps font office de gonds s'avançant vers une serrure à clapet antique.

La porte est close. Bien sur, à cette heure-ci, il n'y a personne.

Il est beaucoup trop tôt. Cinq heures trente, ce n'est pas l'heure du réveil du Mont. Il faut attendre. Un panneau est posé sur la porte.

Le religieux par acquit de conscience, appuie sur le bouton, fixé sur le mur de pierre qui s'avance sur la Grande Rue. Il n'y a aucun son, le bouton fonctionne-t-il ? Il répète son geste et attend. Une attente qui le gène. « Mon jogging matinal est retardé jusqu'à l'arrivée de la police municipale », se dit-il.

Une demi-heure plus tard un véhicule de la police municipale se range sur le parking face à la porte du Roi. Le policier, tout en maugréant, se dirige vers la Grande rue, se demandant qui pouvait le déranger à cette heure-ci. J'espère que c'est important se dit-il, car si ce n'est pas le cas, ils vont m'entendre parler du pays. Parole de brigadier ! Surtout qu'en ce moment, par manque de personnel, il n'avait pas arrêté de faire des heures supplémentaires. « Mais bon attendons, se dit-il le maire du Mont ayant promis une embauche, avant l'arrivée massive des touristes. » Tout seul avec pour unique aide, un garde champêtre c'est peu. Surtout quand la vague de touriste arrive, entre les pickpockets, les disputes ou simplement quelques malaises, il y a beaucoup de travail.

Il franchit la porte Boulevard, passe près du restaurant de la mère Poulard, indifférent à la fameuse omelette. Il pénètre sous une voute qui, au dessus, abrite la Mairie. Son regard se dirige vers le haut de la Grande Rue. Au loin il aperçoit la haute stature du frère Gilles qui l'attend impatiemment devant le poste de police.

Ah ! Là c'est sérieux, si c'est le frère Gilles qui me dérange, c'est qu'il s'est passé quelque chose de grave.

Et il accélère son allure.

Un peu plus loin, il voit une forme allongée sur le devant du restaurant du Mouton Blanc.

C'est quoi cette forme ?

Un SDF au Mont, non ! Cela n'est pas possible !

C'est quoi alors ? Et pourquoi le frère Gilles m'attend auprès de la porte ?

Il arrive à la hauteur du religieux, qui est là, impassible. Les morts ne le perturbaient nullement, il était tellement habitué aux enterrements.

– Brigadier Berloit, bonjour ! En allant faire mon jogging habituel, je suis tombé sur ce corps. Malheureusement, comme vous le constaterez, il est mort. C'est pour cela que je vous ai appelé.

Le brigadier se baisse et délicatement repousse l'imperméable. Sur la poitrine, il voit une large tâche de sang, le vêtement est coupé à un endroit. « C'est la trace d'un coup de couteau, se dit-il ! »

En se redressant, le brigadier fait tomber malencontreusement sa casquette qui atterrit dans la flaque de sang, un geste pour l'attraper mais trop tard, elle tombe en plein milieu de cette couleur rouge noir pas encore séchée. Il ne peut s'empêcher de faire un juron, oubliant les lieux et le frère qui est devant lui.

– Merde, non de d…. Oh pardon frère Gilles, cela m'a échappé.

Frère Gilles lui répondit par un mouvement de la tête.

Il se lève, la casquette maculée de sang à la main, il ouvre la porte du poste de police, par dépit, il balance son couvre chef sur un petit lavabo de coin et en récupère un autre. Le religieux le suit dans le petit local : Un bureau surchargé de dossiers et de divers documents, deux ou trois chaises, une armoire classeurs, pour tous mobiliers, une petite fenêtre montre l'étendue de sable gris.

– Asseyez-vous frère Gilles, il faut que j'appelle la gendarmerie, puis la préfecture, dans deux heures cela va être la cavalcade. Il va falloir faire un périmètre de sécurité pour

14

empêcher les touristes de pénétrer à l'intérieur du Mont, le temps de l'enquête.

– Je suis obligé de rester là, brigadier ? Car j'aimerai faire ma promenade habituelle.

– Eh oui frère Gilles, il faut attendre la gendarmerie qui va procéder à votre audition. Vous êtes le témoin principal.

Le brigadier prend un rouleau jaune, des piquets et va auprès du corps. Il barre la Grande Rue, entourant la scène de crime. Puis le travail terminé, il revient pour appeler la gendarmerie. Le frère Gilles est là, assis en pleine méditation, ne faisant pas attention à lui.

Six heures. La gendarmerie arrive accompagnée de la police scientifique. Le poste de police soudainement devient étroit. Les présentations se font bon train.

– Alors brigadier Berloit, pour un fonctionnaire vous êtes matinal aujourd'hui.

– Eh oui capitaine Berthouloux, le frère Gilles, ici présent n'a pas eu pitié de moi.

Puis Berloit se lève et présente sa chaise au capitaine.

– Tenez, prenez ma place pour l'interrogatoire.

– Merci, brigadier. Bon ! brigadier Soler, ceinturez- moi la scène du crime et dès que la scientifique aura fini son travail, on emmène le corps au centre médico-légal de St-Lo. Et on libère les lieux aux touristes.

Les scientifiques mirent leur combinaison blanche, ils étaient couverts des pieds à la tête. Calots, recouvres chaussures, masques et gants les transformèrent en cosmonaute. Le médecin de la scientifique, à genoux, auscultait le corps, dégrafant les vêtements à l'endroit de la tâche de sang. Puis notât toutes ses impressions sur un bloc-notes. Ses collègues pendant ce temps, à l'aide de leur lampe à source lumineuse de haute densité, inspectaient chaque centimètre carré du lieu du crime. Ramassant quelques indices qu'ils mettaient dans une enveloppe. Quelques flashes éclairaient par moment les lieux.

Le brigadier de la police municipale rejoignit son collègue garde champêtre qui venait d'arriver et ils se postèrent à la porte du Roi, empêchant quiconque de pénétrer à l'intérieur du Mont.

Le médecin légiste fit signe aux ambulanciers qu'ils pouvaient emmener le corps. En une demi-heure l'endroit redevint un lieu de promenade. Seule la longue trace de sang sur le bas-côté de la Grande Rue, montrait qu'il s'était passé quelque chose ici.

Le frère Gilles sortit du poste de police après avoir répondu aux questions de la gendarmerie. Puis comme si rien ne s'était passé, il partit en direction de la digue pour sa promenade dominicale.

Pendant ce temps-là, le médecin légiste, les inspecteurs de la scientifique et le capitaine de gendarmerie étaient en grande discussion. C'était le moment des délibérations.

– Alors docteur, que pensez-vous de ce cadavre ? Il est mort comment ?

– Notre homme est mort à la suite d'un coup de poignard en plein cœur. Cela a été net, mort sur le coup, il n'a pas eu le temps de souffrir.

– Bien docteur et rien de plus.

– Non, j'en saurai plus à l'autopsie. J'y vais de ce pas et je vous tiendrai au courant.

Puis le capitaine se tourne vers les scientifiques, toujours habillés de leurs tenues blanches. Les masques bleus pendent sous leurs mentons et leurs capuches sont baissées.

– Et vous messieurs qu'avez-vous trouvez ? Avez-vous des indices qui nous mettent sur la trace du tueur ?

– Pas grand-chose, capitaine. Nous avons trouvé une trace de semelles humides et d'après les dessins, cela pourrait être des chaussures de randonneurs. Sur la porte, il y avait des traces d'un choc. Le tueur a du se cogner en attendant sa victime, nous avons récupéré, à l'aide d'un préleveur adhésif, quelques filaments de tissu collés sur la vitre du restaurant. Sinon rien d'autre. Nous avons prélevé un peu de sang qui nous donnera je l'espère quelques renseignements sur notre cadavre. Nous allons analyser tout cela. Nous n'avons pas trouvé l'arme du crime.

– Bien messieurs, vous m'envoyez rapidement votre rapport. Au revoir.

Le capitaine resta seul avec son adjoint, dans cet étroit bureau, qui d'un seul coup devenait plus grand, suite au départ de la scientifique. Il était pensif le capitaine, c'était la première fois qu'il y avait un crime sur le Mont. Il se mit debout et contempla par la fenêtre, la clarté du jour qui arrivait. Ses pensées étaient sur ce meurtre. Pourquoi cet individu est venu au Mont, tard dans la nuit pour se faire tuer ? Que venait-il faire ? Et ce tueur qui est-il ? Un professionnel, pour avoir tué cet homme facilement. Un coup de poignard qui atteint le cœur avec précision, le tuant net. C'est une évidence, c'est un pro qui a fait ça. Il fit volte face et s'adressa au brigadier qui attendait ses ordres.

— Bon, brigadier nous n'avons plus rien à faire ici, retournons à la brigade à Avranches. Il nous faut attendre les résultats de la scientifique pour continuer notre enquête.   Pour l'instant, vous m'envoyez deux gars enquêté sur le voisinage, on ne sait jamais.

– Vous avez raison capitaine, peut-être que des voisins auront entendu un bruit ou vu quelque chose. Comme il n'y a qu'une quarantaine de gens qui y habite, cela sera facile.

Les gendarmes quittèrent le bureau du poste, fermèrent à clef, et se rendirent au parking. Le brigadier de la police municipale les attendait à la porte du Roi.

— Tenez brigadier, je vous rends vos clefs. Vous pouvez laisser passer les gens maintenant. N'oubliez pas de faire nettoyer les traces de sang, pour remettre les lieux propres pour les touristes.

— Pas de problème capitaine, tout sera réglé avant que la meute des touristes arrive.

4

Le lendemain matin, le capitaine se rendit à l'institut médico-légal, à l'hôpital d'Avranches, il était pressé d'en savoir un peu plus sur ce mort. Le médecin-légiste l'attendait dans la salle d'autopsie. Habillé d'une tenue verte, des pieds à la tête, le masque sur la bouche, une sorte de casque en plexiglas lui couvrait le visage, le protégeant des jets occasionnels. Il continuait à travailler sur le corps dénudé qui avait sur la poitrine un grand 'V' boursouflé et cousu. Ses cheveux gris, ressortaient entre la coiffe et les lacets du masque, cela remontaient en hauteur, et avec sa tête ronde, cela ressemblait à l'anneau de Saturne autour de son astre.

La pièce était froide. Cela sentait le formol et des odeurs de décompositions se propageaient dans l'air. Le capitaine mit une blouse blanche, une coiffe et un masque puis pénétra dans ce capharnaüm. Deux cadavres, sur des tables en inox attendaient que l'on s'occupe d'eux. L'officier de police avait la gorge serrée, le lieu et les odeurs l'incommodaient.

Le médecin le voyant arriver, posa ses instruments chirurgicaux et son dictaphone. Il abaissa son masque, releva son plexiglas et lui fit signe de le suivre. Au fond de la pièce, se trouvait une table avec tous les vêtements du mort du Mont.

– Capitaine, voilà toutes les affaires de votre homme. Ce ne sont pas des vêtements de valeur, ce sont des habits de français moyens, tenue normale d'un touriste. Là, vous avez tous les papiers retrouvés dans ses poches : un portefeuille comprenant un peu d'argent, son permis de conduire, une carte d'identité et quelques cartes bancaires. Un trousseau de clefs, une clef d'un hôtel, une clef main libre de marque Renault et un porte-monnaie. Et cerise sur le gâteau, un pistolet, un Beretta.

– Bien docteur, je vais prendre toutes ses affaires. On va analyser tout cela à la brigade.

Le médecin-légiste prit un sac y mit tous ses objets personnels à l'intérieur et fit signer la fiche descriptive au capitaine. Puis retourna auprès du corps.

– Concernant l'individu, c'est un homme propre, entrete-nant son corps, il est bien musclé par des séances en salle de musculation, les ongles manucurés récemment. Il a une quaran-taine d'années, c'est un sportif qui devait s'entrainer régulière-ment. C'était aussi un intellectuel. Regardez ses mains, elles sont fines et douces, pas abimés. Cet homme devait écrire, je pense qu'il était écrivain. Un foie sain, pas sclérosé, cet homme ne faisait pas de grand gueuleton.

– Un homme bien sous toute couture, docteur !

– Oui capitaine, il serait mort sur le coup. La lame a pénétré directement en plein cœur, le tuant net. C'est une arme à lame à double tranchant, lisse d'un coté et dentelée de l'autre côté, elle doit mesurer environ quinze centimètres. Vous voyez la plaie, le haut est bien tranché mais le bas est hachuré. C'est une arme faite pour tuer.

– Et sur le corps, vous avez trouvé quelque chose ?

– Non rien, pas de coup, pas de blessure. Quand je suis arrivé sur les lieux du crime, le corps était froid mais pas raide. Pas d'insectes nécrophages sur la blessure.

– Que voulez-vous dire, docteur ?

– Eh bien que le meurtre a eu lieu entre minuit et quatre heures du matin. Le corps n'a pas eu le temps de se décomposer, à cause du mauvais temps. La pluie et le vent froid a bloqué le processus de décomposition, empêchant ainsi la venue des mouches nécrophages. Pour moi, je pense qu'il est mort vers deux heures du matin.

– Et l'analyse de sang, ça donne quoi ?

– Pas d'alcool, pas de drogue. Je vous le dis, c'est un homme sportif et propre, ayant une vie bien réglée.

– Et les prélèvements faits sur le lieu du crime, vous avez les résultats ?

– Tenez, voilà l'enveloppe contenant les rapports. Les empreintes sont bien celles des chaussures de randonneur. Les poussières de tissu trouvées sur la vitre du restaurant appartiennent à un kabig fabriqué en Bretagne.

– Alors notre tueur serait aussi un sportif, sûrement un randonneur, breton, par son vêtement. Bien, donnez-moi tous ces documents. On va étudier tout cela à la brigade.

– Voilà capitaine, à vous le travail maintenant. Trouver l'assassin ne va pas être facile. Je vous envoie mon rapport d'autopsie dés que possible.

Le capitaine, ayant chargé les paquets dans sa voiture prend le chemin de son bureau. Le trajet de l'hôpital à la gendarmerie est fait rapidement, la traversée d'Avranches est aussi rapide et le voilà arrivé Rue du docteur Brechet, la façade de la gendarmerie de style moderne avec son pan de mur en brique rouge et son toit gris en forme de V se détache dans l'environnement. Il met le nez de son véhicule devant le portail, le gendarme de faction lui ouvre la porte. Il se gare et le planton vient l'aider à porter les paquets. Assis à son bureau, il appelle son adjoint qui arrive cinq minutes plus tard.

Le capitaine retire du sac, le portefeuille du défunt. Il étale toutes les cartes et divers papiers sur le bureau, la carte d'identité, le permis de conduire et l'arme de marque Beretta. Il reprend le sac et d'un coup sec, il le vide sur les affaires et les clés tombent sur les papiers. Retournant les clés dans sa main, le capitaine s'adressa à son adjoint.

– Bien Brigadier, donnez cette clé main libre à un gendarme, qu'il trouve à quelle voiture cela correspond. C'est une Renault, elle doit se trouver encore sur le parking du Mont. Cette autre clef, est sûrement celle d'une chambre d'hôtel, et ce trousseau doit correspondre à son domicile. Envoyez aussi, une équipe enquêtée à l'hôtel.

– Bon maintenant travaillons, sur toutes ces pièces.

– Bien capitaine, j'arrive de suite. Le temps de régler les recherches des clés et du véhicule par les hommes.

Dix minutes après le brigadier et le capitaine épluchaient les documents, notifiant sur un bordereau d'inventaire, toutes les informations qu'ils trouvaient. L'inventaire fini, ils firent le point, le capitaine énumérant tout haut les informations recueillies

– Alors, nous avons là, des cartes de crédit d'une banque, une carte Total pour l'essence, une carte d'une grande surface, sa carte d'identité, son passeport et son permis de conduire. Ah, il y a aussi un billet de train, il s'agit du TGV gare Montparnasse-Rennes, le tout au nom de Julien Brisset né à Caen le 13 Juillet 1970 et demeurant dans cette même ville au 12 Rue des pommiers.

– Dans le porte-monnaie, il y a de la petite monnaie, environ à vue d'œil, 20 euros, en 5 pièce de 2 €, 4 pièces de 1€,8 pièces de 0.50 € et 10 pièces de 0.20 € dans le portefeuille il y a un billet de 50 € avec le n° U81091054678 5 billets de 20 € avec les n° U16685571245, U166855571246, U16685571247, U16685571248, U16685571249. Comme les chiffres se suivent, cela veut dire qu'il a retiré cet argent à une tirette.

Le capitaine fait tomber quelques papiers froissés sans importance, les mettant en tas à côté des autres documents. Du portefeuille, il retire une enveloppe blanche pliée en deux. En ouvrant cette missive, le capitaine a un sursaut, il s'assoit brutalement sur sa chaise. Le brigadier le regarde, étonné de voir son supérieur réagir ainsi et attend sa réaction, à la vue de la lettre qu'il a en main. Le capitaine répète plusieurs fois un nom. Lève les yeux au plafond, en cherchant à qui appartenait ce nom.

« Jérémy.... Roncher.... Roncher, Evry, commissaire division-naire. Ce nom me dit quelque chose », se dit-il. D'un seul coup, il se rappela. Je connais cet homme. Il y a un an, je l'ai aperçu lors d'un stage à Evry. Toute la gendarmerie ne faisait que parler en bien de lui. Il venait de terminer deux enquêtes en relation avec la gendarmerie d'Evry et de Quimper. Quelques hommes de la brigade le comparaient à Hercule Poirot, avec sa façon nonchalante et tranquille de résoudre les enquêtes. N'ayant pas peur des difficultés, je me rappelle que nous avons parlé ensemble. De plus, nous avions tous les deux la même passion, le cyclisme. Le brigadier timidement l'interrompit dans sa réflexion.

– Euh… capitaine, que se passe-t-il ?

– Ah oui, brigadier, excusez-moi. Ce nom sur l'enveloppe m'a rappelé des souvenirs.

– De qui s'agit-il ?

– De Jérémy Roncher, commissaire divisionnaire du commissariat d'Evry dans l'Essonne.

– Et que vient-il faire dans l'affaire qui nous préoccupe, capitaine ?

– Ecoutez ce qu'il y a de noter sur cette enveloppe. « Si je venais à disparaitre, veuillez faire suivre cette lettre au commissai-re divisionnaire, Jérémy Roncher, Commissariat d'Evry. J'espère que ma demande sera respectée. »

Le capitaine posa l'enveloppe devant le brigadier qui la regarda, la mirant à contre jour, voyant une écriture à travers l'enveloppe.

– Bon brigadier, vous m'envoyez cette lettre au commis-saire et trouvez-moi son numéro de téléphone. Et à quatorze heures, je veux voir tout le monde en salle de conférence.

– Bien capitaine, à tout à l'heure et bonne appétit.

5

« Quand le Couesnon aura Retrouvé la raison,
Le Mont redeviendra Breton. »

La salle était grande, de couleur claire avec des baies vitrées, de fins rideaux empêchaient les gens extérieurs de voir ce qui se passait à l'intérieur. Une douzaine de tables et de chaises étaient rangées comme une classe d'école. Quatre tables avaient un ordinateur relié en réseau. Quelques meubles classeurs et un grand téléviseur fixé au mur finissaient de garnir cette salle. Quelques tableaux représentant des gendarmes en action agrémentaient cette salle. Mais l'atmosphère malgré tout restait austère.

La façade, près de la porte d'entrée, est garnie d'un immense tableau blanc. Plusieurs photos de la victime, découverte au Mont, sont affichées : Des photos le représentant sur la table de la morgue avec une cicatrice en forme de V sur la poitrine, une autre le montrant, allongé sur la Grande Rue, une photo agrandie de son visage, des photos de sa chambre d'hôtel et de sa voiture, une Renault Kaléos. Au feutre rouge est écrit son pédigrée.

Devant le tableau, un pupitre surmonté d'un micro est prêt. Peu à peu, les gendarmes arrivent, s'assoient chacun à leurs places respectives suivis par le capitaine et le brigadier.

Le brigadier donne un papier au capitaine qui le lit et le met dans sa poche, puis s'approche du pupitre et tapote le micro qui fait des bruits de batterie assourdie se répercutant dans la salle.

– Bien mesdames, messieurs ! Aujourd'hui nous allons parler du cadavre découvert au Mont-st-Michel. Vous comprendrez que l'affaire est délicate compte tenu des lieux.

Sur le tableau derrière moi, vous avez tous les renseignements le concernant. Je vous demande de prendre des notes, cela pourra servir dans la suite de l'enquête. Il a pris une chambre d'hôtel à Pontorson, d'après le gérant, il n'aurait réservé qu'une nuit. Il aurait mangé tranquillement, c'était un individu au tempérament calme. D'après le gardien, il serait sorti vers les onze heures. En disant « A tout à l'heure ». Et bien sûr, il ne l'a pas revu.

– Concernant son véhicule, il l'aurait loué à Rennes pour deux jours.

– Pour résumer ! cet homme serait un sportif d'après le médecin-légiste, sain d'esprit et de corps. Il nous vient de Paris, il est arrivé par le tgv à Rennes. Il loue un véhicule et réserve une chambre. Donc il a prévu un court séjour dans notre région. Puis il quitte son hôtel vers les onze heures et se rend au Mont-st-Michel. A cinq heures du matin, le frère Gilles le découvre mort. Notre homme avait un pistolet de marque Beretta chargé dans sa poche. Cette arme n'a pas servi et il n'y avait que les empreintes de l'homme mort.

– Alors que s'est-il passé ? Que faisait-il à minuit au Mont ? Avait-il un rendez-vous ? Pourquoi a-t-il été tué ?

– Concernant les indices que l'on a trouvés sur les lieux du crime.

Le capitaine prend une pause pour regarder les documents qu'il tient dans ses mains, se racle la gorge. Les gendarmes sont à l'écoute de ce que va leur dire le capitaine. Reprenant le fil de la discussion, le chef de la brigade, après un furtif regard vers l'assistance, s'assurant que tout le monde l'écoute, continue.

– D'après le rapport de la police scientifique que j'ai en main, les analyses de sang sont négatives, pas d'alcool, pas de drogue. L'homme n'avait aucune trace de coups. Il serait mort des suites d'un coup de poignard qui aurait provoqué une hémorragie et il se serait vidé de son sang. L'arme, un poignard, aurait un côté tranchant et de l'autre un côté crénelé. C'est une arme de combat, faite pour tuer. Cette arme n'a pas été trouvée. Il serait mort vers les deux heures du matin.

– Concernant l'assassin, nous n'avons pas grand-chose. Les traces de semelle trouvées sur les lieux du crime proviendraient d'une paire de chaussures de randonneur. Sur la porte vitrée du restaurant, il a été trouvé des peluches de tissu. D'après la scientifique, « ce serait de la laine tissée très serrée qui en fait, est un vêtement imperméable ». Et cela correspondrait à un Kabig, fabriqué en Bretagne. Au vu du coup, porté avec précision, le tueur serait un professionnel. Un tueur à gages ? Pour l'instant, on n'en sait pas plus.

– Ce qui est curieux, c'est cette lettre trouvée dans le portefeuille du mort avec le nom d'un commissaire divisionnaire de la région parisienne. Cette enquête prend une drôle de tournure, avec la découverte de cette lettre. Nous devons continuer notre enquête de promiscuité au Mont et à son hôtel, rechercher des témoins qui l'aurait vu ou qui aurait parlé avec lui. Il nous faut trouver ce tueur.

Le capitaine regarda sa montre, il fallait qu'il téléphone à ce commissaire divisionnaire rapidement, car son intuition lui disait que la suite de l'enquête dépendrait de cet homme. Et comme d'habitude, il se fiait à son intuition qui lui avait beaucoup servi dans diverses affaires. Il décida de laisser l'organisation des recherches à son adjoint.

– Brigadier, vous continuez le briefing, j'ai des coups de téléphone à donner. Messieurs, mesdames, le brigadier Gérard va vous donner toutes les consignes concernant la poursuite de cette enquête.

Arrivé à son bureau, le capitaine cherche dans sa poche le papier que lui a donné le brigadier. Il prend le téléphone et compose le numéro. Quelques secondes après, il était en relation avec le commissaire divisionnaire.

– Commissaire divisionnaire Jérémy Roncher ? Bonjour ! Capitaine Berthouloux, gendarmerie d'Avranches à l'appareil.

– Bonjour capitaine que se passe-t-il ? Pourquoi m'appelez-vous d'Avranches.

– Tout d'abord, je voudrais vous dire que l'on se connait car je suis venu faire un stage à la brigade d'Evry, il y a environ un an. Je vous ai vu en grande discussion avec le Major. Et on a été présenté.

– Je me rappelle, on a même parlé de vélo, je crois.

– C'est cela même. Je vous appelle pour autre chose. Je suis sur une enquête qui démarre bizarrement. Au Mont-st-Michel, on a découvert un cadavre qui aurait été tué d'un coup de poignard. Sûrement par un professionnel.

Jérémy se demande pourquoi on l'appelle d'Avranches, il ne souhaite pas continuer la conservation, ayant autre chose à faire. Et il demande brutalement.

– Mais en quoi suis-je concerné par ce crime ? Capitaine.

Le capitaine sentant l'énervement de Jérémy lui répondit rapidement.

– Eh bien, dans son portefeuille, nous avons trouvé une lettre qui vous est adressée. Je vous l'ai envoyé par le courrier interne de la gendarmerie.

– Comment-ça ! Vous avez trouvé une lettre qui m'est adressée sur votre cadavre.

Jérémy se redressa de son siège, étonné de l'information que lui donnait le capitaine, et son intérêt se mit en éveil. Le téléphone sans fil à la main, il fait les cent pas autour de son bureau.

– Oui commissaire, c'est même étonnant. Le mort s'appelle Julien Brisset et il habite, d'après ses papiers, à Caen, il a la quarantaine. Ce nom vous dit quelque chose ?

– Non je ne vois pas qui c'est. Quand je recevrai la lettre, je ferai une recherche sur lui. Je vous tiens au courant si je trouve qui il est et pourquoi il s'adresse à moi.

– D'accord commissaire, je vais par la même occasion, vous envoyer le rapport de cette enquête. Cela pourra vous aider.

Les deux hommes raccrochèrent simultanément. A leurs niveaux, pas besoin de grande discussion, de brèves paroles, des courtes phrases, et voilà. Les choses sont dites. C'est cela qu'aimait Jérémy Roncher, faire court pour aller à l'essentiel. Mais que voulait dire cette lettre découverte sur le mort ? Pourquoi m'est-elle adressée ? Et qui est ce Julien Brisset ?

Jérémy était pensif, un meurtre au Mont-st-Michel, une lettre à mon nom dans sa poche. Tout cela est bizarre. Et ce J.Brisset, pourquoi s'est-il fait tué au Mont ? Un rendez-vous qui se termine mal. Je sens une sombre affaire sur ce meurtre. Il faut que je fasse des recherches dans mes archives car ce nom ne me dit rien qui vaille et pourtant j'ai une bonne mémoire.

On frappe à sa porte, un homme entre, une armoire à glace, 1 mètre 90, cent kilos, un beau bébé. Il a les cheveux gris coupés courts, un grand visage anguleux, un nez aquilin et des yeux verts, un regard puissant comme celui d'un aigle, pénétrant, froid. Devant un regard comme cela les criminels avaient intérêt à bien se tenir. Son parler était concis et direct.

– Commissaire un gendarme vient de me remettre une lettre pour vous. Il m'a dit que c'était urgent.

– Ah oui, je l'attendais ! Capitaine Tumart.

Jérémy décachète l'enveloppe et sort une feuille écrite manuellement. L'écriture est fine, les lignes sont bien perpendiculaires, bien droites. Celui qui l'a écrit, était sûrement un intellectuel.

Le phrasé est littéraire.

Cet homme devait être un érudit.

Un homme sortit des grandes écoles.

Un écrivain, évidemment ?

Le commissaire la lit tranquillement puis la pose sur son bureau. Le capitaine attend une réaction du commissaire, qui tarde à venir. Jérémy est dans ses réflexions suite à la lecture de cette missive, puis s'adresse au capitaine qui est debout devant lui. Sa stature en impose et Jérémy doit lever les yeux pour lui parler.

— Capitaine, prenez cette enveloppe et faites-moi une recherche sur le nommé Julien Brisset et de l'autre nom qu'il me donne dans cette lettre, dans les données de fichiers, de la police criminelle. Je veux avoir le plus d'information sur ces deux hommes. Pourquoi ce mort m'écrit-il ? Est-ce que je le connais ?

Le capitaine prend la lettre et la mire sur la clarté de la lampe de bureau. Il la tourne de tous les côtés, puis se met à la lire. Ses lèvres remuent comme s'il parlait mais aucun son ne sort de sa bouche.

Parfois, il trébuche sur un mot et il reste perplexe. Son regard s'assombrit encore plus fort, ses sourcils se rapprochent de ses yeux assombrissant encore plus son visage.

Son savoir est un peu limité.

Il n'avait pas eu le plaisir de faire des grandes études.

A la fin de sa studieuse lecture, il s'adresse à son chef pour lui dire ses constatations.

— Vous avez vu le papier, un peu épais avec en filigramme des inscriptions, cette écriture raffinée, c'est quelqu'un du grand monde qui a écrit cela. On dirait un poème.

— Vous avez raison capitaine, lisez-moi cela à haute voix, cela va peut-être m'ouvrir la mémoire.

Le capitaine regarde son chef étonné de sa demande, de sa voix forte, il se met à lire posément cette prose.

« Commissaire divisionnaire Jérémy Roncher,
Vous ne me connaissez pas mais des amis chers m'ont donné votre nom.
Mes amis m'ont dit que si j'avais des problèmes, je pourrais vous demander de l'aide.
Si vous recevez cette lettre c'est qu'il me sera arrivé quelque chose.
La mort ne me fait pas peur, ce sont les risques de la vie.
J'ai un rendez vous au Mont–st-Michel avec un individu dont je n'ai pas grande confiance.
C'est une affaire à régler qui me tient à cœur. Mon honneur est en cause.

Je dois remettre une somme d'argent à un individu qui habite le Mont.
Enfin c'est ce qu'il m'a dit.
Ce monsieur me fait chanter sur une banale histoire concernant ma fille
qui aurait, effectué des recherches archéologique sur le Mont.
Elle aurait soi-disant gardé un parchemin vieux de plusieurs siècles.
Ma fille l'aurait donné au conservateur de la bibliothèque d'Avranches.
Ce document ferait parti des 199 manuscrits médiévaux du Mont.
Mais voilà, ce document a malencontreusement disparu.
Ma fille a été accusée de l'avoir volé.
Le pire c'est qu'un homme m'a téléphoné pour me dire qu'il savait que
ma fille avait ce document et il me laissait dix jours pour lui donner une
coquette somme.
Entre-temps ma fille a disparu, la police que j'ai avertie n'a trouvé
aucune trace d'elle et pense qu'elle a fait une fugue.
Connaissant ma fille, cela n'est pas possible.
Donc, j'ai décidé de me rendre à ce rendez-vous et de régler le sort de
ce maître chanteur.
Afin de le faire taire à jamais.
Et ensuite de rechercher ma fille.
Voilà commissaire, en recevant cette lettre, cela voudra dire que le
destin m'aura envoyé au ciel ou en enfer.
 L'homme qui m'a donné rendez-vous s'appelle Etienne Machin, il me
demandait la remise du document ou le versement de cent mille €. Je
devais le retrouver à Notre Dame Sous Terre à minuit.
Pour mon honneur, j'espère que vous pourrez laver ma fille de tout
soupçont.
Et si possible de la retrouver.

Merci.
Julien Brisset
Ecrivain contemporain »

Le capitaine tout heureux d'avoir fini sa lecture repose la
lettre sur le bureau, il s'éponge le front. Non pas qu'il fasse chaud,
mais la difficulté de la lecture de cette missive l'avait épuisé. Peu
habitué à ce genre de situation, le capitaine Tumart est un homme
de terrain, pas un intellectuel. Jérémy l'avait écouté pieusement,
les yeux fermés essayant de deviner entre les lignes ce que voulait
dire l'écrivain.

    – Bon capitaine, faites votre recherche sur ces deux
hommes et aussi sur cette jeune fille. Nous ferons le point de tout
cela après.

Le capitaine Tumart est à la police criminelle depuis cinq
ans, avant cela, il a fait l'école de police de Cannes-Ecluses. A sa

sortie, il fut affecté à Reims, Laon et Epernay. Puis suite à sa demande, il fut muté à Evry en Essonne. Pourquoi l'Essonne ? Pour suivre une jeune femme de la région parisienne. Ils se marièrent et eurent une fille. Quelques années plus tard, ils se séparèrent. Philippe était originaire de la Picardie, à Montcornet près de Laon. De temps en temps, il retourne dans sa maison de campagne où il s'occupe de son jardin. Et depuis trois ans, il travaille avec le commissaire divisionnaire J.Roncher. Dés le départ, ils se sont compris et leur collaboration est au beau fixe.

6

Paris Bastille, Huit heure du matin, le bruit des voitures circulant dans la rue, se répercute dans la pièce. Malgré le double vitrage et les rideaux épais, les bruits diffus de l'extérieur entrent, poussés par ce vent fort prédisant une journée maussade.

Le ciel chargé de gros nuages noirs et épais, avec une pluie diluvienne ne donnait pas envie de se lever.

Pourtant il le fallait, le voyage au Mont-st-Michel l'avait épuisé. L'attente à Notre dame sous terre, le trajet en voiture sous la pluie et le vent avaient été pénibles. Pourquoi n'est-il pas venu au rendez-vous ? Se demandait-il. Il avait plutôt intérêt à venir, car sa fille avec ce qu'elle a fait, était dangereuse pour sa carrière.

Incidemment, à son bureau, il avait entendu dire qu'un document important avait disparu. Il s'agirait de papiers faisant partis des 199 manuscrits du Mont. Ce serait des documents exceptionnels, des parchemins datant du moyen âge, à une époque où l'abbaye était surnommée « la citée des livres ». Il s'agit de textes sacrés, la bible et ses contemporains par les Pères de l'église. C'était donc des documents de très grandes importances qui auraient dû arriver à la Scryptoriale d'Avranches.

Ils avaient été découverts par une équipe d'archéologues dont faisait parti la fille de l'écrivain, et entre les bureaux du Centre des monuments Nationaux et le musée d'Avranches, ces pièces avaient été égarées.

Et dans les discussions, qu'il avait sournoisement entendu, le nom de la fille de l'écrivain était souvent cité. Dans sa tête, une idée lui vint. Pourquoi ne pas profiter de cette opportunité pour gagner de l'argent, et aussi, pourquoi-pas, remettre ces documents aux services concernés et récolter la gloire.

« Aller, debout maintenant » se dit-il. « Du travail m'attend ».

Etienne Machin prit sa douche, tout en peignant ses quelques cheveux épars, sur une tête ronde connaissant les débuts d'une calvitie précoce, il se regarda dans la glace. Il regarda son ventre qui chaque année passant prenait de l'embonpoint digne d'une femme enceinte. Il se cacha pudiquement en mettant sa robe de chambre. Puis il déjeuna tranquillement, tout en lisant le journal d'hier. La lecture finie, la dernière goutte de café avalée, il se rendit à son petit bureau, qu'il avait dans un coin du salon. Il s'installa face à l'écran et d'un coup de pouce, il démarra son ordi. Et quelques instant après, il éplucha ses e-mails, en effaçant certain et archivant d'autres. Puis, il chercha son fichier téléphone, il trouva le numéro qu'il voulait, l'écrivit sur un papier. Le portable en main, il fit le numéro.

La sonnerie retentit a ses oreilles, trois fois, à la quatrième, la messagerie se mit en route. Henri d'un geste énervé raccrocha. Qu'est-ce qui se passe ? Il ne vient pas au rendez-vous, il ne répond pas au téléphone.

Il retourna dans sa chambre mit son pantalon, enfila sa chemise, par dessus un gros pull. Il reprit son téléphone et refit le numéro. Toujours rien. C'est bizarre tout cela. La fille a disparue, le père qui ne répond pas. Que se passe t-il ?

Cela n'est pas grave, je rappellerai plus tard.

Il prit son veston, mit ses chaussures et dévala les deux étages rapidement. Arrivé sur le trottoir, il prit le flot des gens se dirigeant vers la place de la Bastille. Il longea la place, puis prit la direction de la grande avenue Magenta, menant à la place de la République. Il s'engage dans les clous pour traverser la rue, quand il entend derrière lui, des gens crier, rendu à la moitié de la rue, il se retourne.

Un grand bruit. D'un seul coup, il se sent projeté au sol.

Dans la confusion, il ne se rend compte de rien, le bruit d'une voiture qui fonce.

Un choc, son bras lui fait mal.

En tombant au sol, il sent une vive douleur à la hanche droite. Un attroupement se forme autour de lui, il entend des voix éparses, incompréhensibles pour lui, il ne comprend pas ce qui se passe.

Quand il reprend ses esprits, un homme en face de lui, lui parle.

– Alors Monsieur, comment ça va ?

– Que s'est-il passé ?

– Heureusement que je vous ai tiré par le bras et que vous êtes tombé, sinon la voiture vous écrasait.

– Comment ça, quelle voiture ?

– Vous ne verrez pas, elle a pris la fuite.

– Elle a pris la fuite, mais alors, l'accident était voulu.

– Sûrement Monsieur, est-ce que vous pouvez vous lever ? Sinon j'appelle les pompiers.

Avec l'aide de ce brave homme, je réussis à me redresser. Mais j'avais d'horribles douleurs à la hanche et au bras. Je sentais du sang qui coulait le long de mon bras. J'allais prendre mon portable pour appeler les pompiers quand j'entendis les sirènes d'une voiture de police et je vis les lumières rouges et bleues qui s'approchaient de moi. Un policier me posa des questions et voyant mon état, appela les pompiers.

Me voilà aux urgences, un policier est auprès de moi, me surveillant, radio de la hanche et du bras. Pas de fracture, je n'ai que quelques contusions. On m'emmène dans une chambre à l'écart et là commence l'interrogatoire de la police.

– Bonjour, je suis le Brigadier Lesourd. Je viens aux renseignements concernant votre accident.

– Bonjour brigadier.

Etienne Machin est éberlué que l'on vienne enquêter sur un banal accident l'étonne. Son bonjour est léger de politesse face à ce policier qui le regarde étrangement.

– Alors, Monsieur Etienne Machin, que ce passe t-il ? D'après les piétons qui vous ont aidé, la voiture est venue sciemment sur vous pour vous renverser. Si un des piétons, ne vous avait pas tiré par le bras, vous seriez sûrement mort en ce moment, car la voiture roulait vite.

– Je ne comprends pas, pourquoi m'en vouloir au point de m'écraser ?

– C'est pour ça que je suis là, Monsieur Machin. Pourquoi on en veut à votre vie ? Vous avez des ennemis, des gens qui vous en veulent ?

– Ecoutez, Monsieur l'agent, moi je ne comprends pas, je ne suis qu'un simple agent administratif qui travaille dans un ministère public. Pour moi, ce n'est qu'un simple accident et rien d'autre. Maintenant je voudrais rentrer chez moi. C'est possible ?

– Bien, Monsieur Machin, voici ma carte, si vous avez un problème vous pouvez m'appeler. Je suis au commissariat de police de la place Bastille.

Le policier se leva et s'en alla en le regardant bizarrement. Cet homme cache quelque chose ou alors il a peur. Mais de quoi ? Je vais le mettre sous surveillance car pour moi on a essayé de le tuer.

Etienne était allongé sur son lit attendant que les médecins décident de le laisser sortir. Il réfléchissait. Qui veut sa mort ? Car c'est sûr, on a essayé de le tuer et grâce à ce piéton, il a eu la vie sauve. « C'est surement lié aux documents disparus » Se dit-il.

Il faut que je sois prudent, car les flics vont me surveiller.

Une heure après une ambulance le ramène chez lui. En passant devant sa boite aux lettres, il demande aux brancardiers de lui prendre son courrier. Il était content de se retrouver seul, assis dans son fauteuil. L'un des brancardiers lui avait préparé du café qu'ils avaient dégusté ensemble. Une fois seul, il prit son journal et le feuilleta tranquillement, quand un article attira son attention. Il laissa tomber son périodique ne retenant que la page qui l'intéressait.

Il retint son souffle et lut l'article.

« Un écrivain de renom, trouvé mort au Mont-st-Michel ».

Quelques lignes plus loin.

« Julien Brisset, écrivain contemporain a reçu un coup de poignard au cœur le tuant net ».

Etienne laissa tomber le journal au sol. Il est effaré, abasourdi. La peur commence à habiter son cerveau, ses membres se mirent à trembler.

Des questions lui tournaient dans la tête, en pagaille. Il faut que je reprenne mes esprits, que je me calme.

Pourquoi a-t-on tué l'écrivain ?

Pourquoi a-t-on voulu me supprimer ?

Qui y a-t-il derrière tout cela ?

L'affaire est grave se dit-il ? Je crois que je vais me retirer de cette affaire et me mettre au vert. Prendre quelques jours de congé et descendre dans le Midi, me reposer, faire le farniente, un verre d'anisette à la main. Dans son rêve, il se voyait déjà sur son transat, admirant son jardin, quand soudain un bruit le fit tressaillir. Son regard se dirigea vers la porte. Le silence était total dans la pièce, on entendait seulement le vent à la fenêtre. L'atmosphère était pesante, on sentait la peur se répandre dans la salle. Etienne était à son paroxysme. La peur lui tenaillait l'estomac. Il se leva doucement et se dirigea vers la porte et écouta. Il n'y avait aucun bruit. Il regarda par l'œilleton, le palier et l'escalier étaient vides, il n'y avait personne, sauf le gros chat de la voisine du dessus qui se prélassait sur le bord de la fenêtre.

D'un seul coup, il se sentait plus rassuré. C'était une fausse alerte. Il était mort de trouille, il s'essuya le front d'où perlaient des gouttes de sueur. La nuit tombait, il alluma la lumière du salon, laissant une légère clarté se répandre dans la pièce. Ayant une petite faim, il se confectionna une omelette aux gruyères qu'il dégusta tranquillement accompagnée d'un petit verre de Bordeaux.

Une ombre se promenait dans le salon avançant à pas de loup, Etienne trop occupé à manger ne fait pas attention à ces mouvements surréalistes, l'ombre se rapproche de la porte de la cuisine, se met de côté, évitant le regard de sa proie.

Puis d'un élan de félin, il arrive sur Etienne.

Le poignard entre dans sa poitrine.

Etienne jette un regard sur son agresseur, il s'agrippe, dans un dernier sursaut à son vêtement, arrachant en passant un bouton qui roule au sol.

Il ne vit qu'un regard cruel, un regard d'acier.

La nuit envahit ses yeux et plus rien. Il tomba de sa chaise et s'étala de tout son long sur le carrelage de la cuisine. Une mare de sang s'écoule auprès de lui. La vie en rouge s'étend sur le carrelage. L'ombre essuie son poignard sur le pull-over du mort, il se baisse pour ramasser le bouton mais se ravise et le laisse au sol. Cela va détourner les soupçons vers mon collègue de Bretagne, se dit-il. Et subitement disparait de l'appartement.

7

Le capitaine Philippe Tumart entre dans le bureau du Commissaire divisionnaire. Il avait des informations importantes à lui transmettre. Le capitaine était enthousiaste de travailler avec son chef. Il avait beaucoup d'estime pour lui.

Il est huit heures du matin et Jérémy est en pleine forme. La veille, malgré le mauvais temps, il avait réussi à faire un peu de vélo. Profitant d'une accalmie, il était parti pour une soixantaine de kilomètres. Au retour il essuya une virulente averse. Il était trempé des pieds à la tête, pas un poil de sec. Il dût se déshabiller dans le garage et il monta dans la salle de bain à poil. Il avait les muscles tétanisés par le froid et la pluie. Le bain chaud lui fit du bien. Le bain était même brûlant, mais Jérémy adorait ça. A chaque fois, sa femme lui disait que cela n'était pas bon pour le cœur, Jérémy en avait conscience, mais continuait quand même.

Jérémy s'avance vers le tableau blanc prend son feutre bleu et écrit.

> Julien Brisset, né le 13/07/1970 à Caen.
> Demeurant 12 Rue des pommiers à Caen.
> Divorcé vit seul.
> Ecrivain. A écrit des livres sur l'archéologie.
> - Possession de l'Archange
> - Histoire de l'Archéologie
> - Le pendu du Mont-st-Michel (policier)
> Sportif assidu est inscrit dans une salle de sport.
> A participé à plusieurs marathons (Paris, New York, Londres)
> Inconnu au fichier.

Puis se tournant vers le capitaine, il lui demande.
– C'est tout ce que tu as sur lui ?
– Oui, c'est quelqu'un de calme, je n'ai rien trouvé de mauvais sur lui. Il est beaucoup estimé dans le monde littéraire.
– Bon maintenant sa fille.

Et Jérémy se retourne vers le tableau et écrit.

<u>Céline Brisset</u>, née le 7 Novembre 1984 à Caen.
Demeurant à Mennecy en Essonne. 25 Rue du petit Mennecy.
Célibataire, vit seule.
Archéologue, a fait des fouilles au Bois Chaland et à Léonard de Vinci
à Lisses, puis a fait des recherches sur les travaux du Mont-st-Michel.
Fille sans problème, un peu garçon manqué avec un fort caractère.
A disparu depuis le 15 Juillet 2009, la police pense à une fugue.
D'après le ministère des patrimoines Nationaux, elle aurait, peut-être,
volée des documents importants, des parchemins faisant parti des 199
manuscrits médiévaux.

   — C'est tout capitaine ?
   — Oui chef.
   — Bon, maintenant, à celui qui lui a posé le rendez-vous au
Mont-st-Michel.

<u>Etienne Machin</u>, né le 10 Aout 1970 à Paris, habite 10 Rue des
violettes, à Paris.
Célibataire, vit seul. Pas d'enfant.
Travaille pour les monuments historiques comme agent administratif.
Rien au casier judiciaire. Mais a mauvaises réputations. Bureaucrate,
magouilleur, mesquin.

   Devant chaque nom, le capitaine Tumart, scotche les photos
de chacun.
   — Il nous manque quelque chose dans tout cela capitaine.
   — Quoi ? chef. C'est tout ce que j'ai trouvé.
   Jérémy se tourne vers le tableau qui était bien rempli d'inscriptions, et dessous tout cela fait un grand point d'interrogation,
puis écrivit « le tueur ».
   — Voilà ce qui nous manque. Celui qui a tué l'écrivain.
   — Bon voilà ce que l'on a pour l'instant. Mais pour le
moment, je ne vois rien qui me ramène à cette lettre. Pourquoi cet
écrivain, veut-il que je m'occupe de cette enquête ? Attendons la
suite des évènements et on verra.
   — Pour l'instant chef, rien ne nous confirme que l'on doit
s'occuper de l'affaire. C'est à la gendarmerie d'Avranches de régler
cela.
   — Justement, on a rien reçu de la gendarmerie ? Le rapport
n'est pas encore arrivé ?
   — Non rien encore, dit le capitaine.

Les deux hommes sont là à regarder le tableau blanc, bien chargé. Jérémy se dit que le fil conducteur de cette affaire, ce sont les documents disparus, ces fameux parchemins doivent avoir une grande importance pour qu'il y ait mort d'homme.

Attendons le rapport de la gendarmerie, peut-être que l'on verra plus clair. Jérémy regagne son bureau et se met à lire des documents. Sa tête est ailleurs, déjà ses pensées sont axées sur le Mont-st-Michel, l'ayant visité au moins une trentaine de fois, il se souvenait de ces marches à gravir pour atteindre l'Abbaye, ce bâtiment surnommé 'la Merveille'.

Avec la forme pyramidale du Mont où les bâtiments s'enroulent autour du rocher granitique, ce monument est unique. Jérémy était en voyage virtuel sur le mont, il se voyait gamin en train de le visiter avec ses parents, il était dans le monde des songes, quand la voix forte du capitaine, le ramène dans le monde des vivants.

– Voilà le rapport de la gendarmerie d'Avranches, chef.

– Ah ! Très bien capitaine, posez le sur le bureau.

– Vous avez-vu l'épaisseur de l'enveloppe ? Vous allez avoir de quoi lire.

– Oui Philippe, bon ! Il est midi. Qu'avez-vous prévu ? Rien, bon venez, allons au resto.

Philippe était content, quand son chef l'appelait par son prénom, cela veut dire beaucoup de chose. Et en plus il l'invite à manger. La vie est belle. Et hop, les voilà parti pour un repas presque parfait.

Quatorze heures trente, Jérémy, après un bon café, se met au travail. Il décachète la grosse enveloppe, pose tous les pièces sur son bureau. Il y a là, des photos de la scène de crime, du mort encore allongé sur la chaussée du Mont, des empreintes de chaussure du tueur et des fragments de tissu. Il y a aussi des photos de la voiture de l'écrivain et de son hôtel.

Puis il se met à éplucher les rapports sur les analyses, par moment, il se lève et se dirige vers le tableau où il annote quelques mots auprès des photos. Ce travail lui prend toute l'après midi. A travers les vitres de son bureau, il voit beaucoup de monde qui s'en vont, Philippe arrive et lui dit au revoir. Il regarde sa montre, 18 heures. Oh là, déjà. Bon, pour aujourd'hui cela suffit. Rentrons.

A chaque jour suffit sa peine, se dit-il.

Il ferme son ordi, éteint son bureau et s'en va dans la nuit tombée rejoindre sa femme.

Le lendemain, après un bon sommeil réparateur et un copieux petit déjeuner, Jérémy prend la route de son bureau. Le capitaine l'attend impatiemment, il avait une nouvelle importante à transmettre à son chef. Jérémy comprend à son regard qu' un élément nouveau est arrivé.

– Alors capitaine, que se passe-t-il ? Vous me paraissez énervé. Allez, venez dans mon bureau.

Le capitaine Tumart, fébrilement suivit son chef et attendit qu'il s'assied dans son fauteuil.

– Alors, Philippe, qu'y a-t-il ? Racontez-moi tout.

– Voilà chef, ce matin, j'ai eu un coup de téléphone du capitaine Berthouloux.

– Ah, que veut-il ? Ce brave capitaine d'Avranches.

– Eh bien commissaire, il y a eu un nouveau meurtre dans l'affaire du Mont-st-Michel.

– Ah, qui a été tué ?

– Il s'agit de Monsieur Machin, celui qui avait rendez-vous avec l'écrivain. Il l'on retrouvé mort à son domicile, près de la bastille à Paris.

– De quoi est-il mort ?

– Un coup de poignard droit au cœur. Un travail de pro, il paraît.

– Même façon de procéder qu'au Mont, capitaine. C'est la preuve que ces deux morts sont liés.

Le capitaine Tumart, qui s'était assis, se relève et de sa voix tranquille, acquiesce et dit à son chef, qu'il avait reçu un deuxième coup de téléphone.

– De qui, ce deuxième appel, capitaine. Et arrêter de me dire les choses au compte-gouttes.

– Eh bien, commissaire divisionnaire, il s'agit du procureur, il vous attend dans le bureau du patron.

– Là, maintenant ?

– Oui commissaire divisionnaire, ils m'ont dit que c'était urgent.

– Bon j'y vais, pendant ce temps là, appelle le commissariat de la Bastille et demande le plus de renseignements possibles sur ce meurtre.

– Bien commissaire.

Et le commissaire partit d'un pas tranquille vers le bureau du Patron du commissariat. Si le procureur est là, c'est que l'affaire est importante. Que se passe-t-il encore ? Pourquoi veulent-ils me voir ? Je pense à une grosse enquête qui va me tomber sur le dos, se dit le commissaire. Et cette affaire du Mont-st-Michel ? Cet écrivain qui veut que j'enquête sur sa mort, il faut que j'en parle au patron.

Trois coups à la porte et le Patron de sa grosse voix lui dit d'entrer. Face à lui, se trouve le procureur Leprince que Jérémy connait bien, ayant fait du vélo avec lui. Jovialement, il s'avance vers Jérémy et lui serre chaleureusement la main.

– Jérémy comment ça va ? Et le vélo, tu en fais toujours, tu sais moi je n'ai plus le temps. Les affaires, les affaires…

– Oui Monsieur Leprince, j'en fais toujours et je prépare une randonnée, répondit Jérémy. Il n'osait pas le tutoyer devant le patron par respect pour le procureur.

Le patron lui demande de s'assoir et prend la parole.

– Bien commissaire Jérémy Roncher, on vous a demandé de venir, car Monsieur le procureur, à la demande du ministère de la Culture, veut vous confier une enquête d'une extrême importance.

– Mais Chef, je suis déjà sur une enquête dont je voulais vous parler.

– Vous laissez tomber cette enquête, vous la confiez à quelqu'un d'autre et vous prenez celle là.

Le procureur voyant la gêne de Jérémy prit la parole, le vouvoyant pour montrer que cette enquête était primordiale. Le procureur Le prince, la cinquantaine bien avancée, les cheveux gris peignés vers l'arrière avait le visage fermé et grave. En le regardant fixement, je me dis qu'il ressemblait à Derrick. Je l'écoute religieusement. En plus d'être le proc, il était aussi un ami, nous avons fait plusieurs fois du vélo ensemble. Sa voix ferme me fit revenir sur terre.

– Commissaire divisionnaire, cette affaire, que m'a confié le ministère de la culture est grave. Vous êtes officiellement chargé de cette enquête. Votre chef va vous donner toutes les informations nécessaires pour vous rendre sur les lieux du crime. Vous et votre capitaine, vous partez demain pour le Mont-st-Michel.

Jérémy entendant ce nom fit un bond et regarda tour à tour les deux hommes, les yeux écarquillés.

38

– Que se passe-t-il commissaire ? Demanda le procureur, étonné de la réaction de son ami.

Le procureur connaissait bien Jérémy, à sa réaction il comprit qu'il se passait quelque chose.

– Eh bien c'est que …l'enquête dont je voulais vous parler, se passe aussi au Mont-st-Michel, Monsieur le procureur.

– Ah ! C'est la même affaire ? Expliquez-moi cela, commissaire divisionnaire, dit le commandant.

Le patron avait parlé d'une façon forte, il n'aimait pas montrer au procureur que certaine chose se passait dans son commissariat sans qu'il n'en soit averti. Et là, il n'était pas content du tout et il le faisait sentir. Jérémy comprit qu'il devait la jouer fine et donner une bonne explication. Ce qu'il fit rapidement.

– Je n'ai fait que des recherches, suite à un coup de téléphone du Capitaine Berthouloux de la gendarmerie d'Avranches. Sur un cadavre découvert au Mont, ils ont trouvé dans une de ses poches, une lettre qui m'était adressée. Les investigations que j'ai faites sur cette affaire, ne sont que téléphoniques.

– Bien, nous vous écoutons, commissaire divisionnaire.

– Quand j'ai reçu la lettre de la gendarmerie, je l'ai étudié. L'homme retrouvé mort s'appelle Julien Brisset, il est écrivain. C'est lui qui m'envoie cette lettre et il me demande, au cas où il viendrait à disparaitre, de faire des recherches sur sa fille et sur des documents disparus. Il avait rendez-vous avec un certain Etienne Machin.

Le commandant comprit que c'était la même affaire et arrête Jérémy.

– D'accord commissaire, c'est la même affaire que nous vous confions. Et quelque part, c'est bien que vous soyez déjà informé. Par contre, Etienne Machin a été découvert mort à son domicile. Avant de partir pour le Mont-st-Michel, allez voir le brigadier Lesourd du commissariat de la place de la Bastille. Il sera prévenu de votre arrivée. Tenez, prenez ce dossier, il contient tout ce que vous avez besoin pour votre enquête. Bons d'essence, billet d'hôtel et de restauration etc.…

Je prends le volumineux dossier, je suis content que le commandant ne me tienne pas rigueur d'avoir enquêté sur une affaire, sans le prévenir. Je salue tout le monde et je m'apprête à quitter le bureau quand le procureur me parle.

– Jérémy, comme d'habitude, je compte sur toi pour résoudre cette affaire rapidement. Au ministère de la culture, ils sont bouleversés de la disparition de ce manuscrit et de la fille de l'écrivain qui travaillait pour eux. Et maintenant ces morts… Fais vite.

Je me dirige vers mon bureau, content d'aller au Mont-st-Michel. Et pourtant combien de fois n'ai-je pas monté ces escaliers menant à la basilique. Il faut que je demande à Lupé si elle veut m'accompagner.

Je prends le bigophone et j'appelle mon adjoint qui arrive rapidement. A travers la vitre, j'aperçois les arbres qui poussés par le vent remuent à tout va, comme des danseuses. De gros nuages noirs chargés comme une baudruche prête à éclater, avancent dans le ciel. Il va sûrement pleuvoir, me dis-je. Si c'est comme ça au Mont cela va être gai. Le froid, la pluie, un temps du mois de Novembre en somme, Philippe me voyant souriant, comprit qu'il allait se passer quelque chose et me regardait avec curiosité. Son visage hilare, avec ses cheveux coupés courts, posé sur un grand corps, le faisait ressembler à un géant. La main posée sur le gros dossier jaune, je lui annonce la nouvelle.

– Voilà capitaine, l'enquête sur le Mont-st-Michel, nous est confiée officiellement.

– Cela veut dire qu'on va aller sur le Mont, commissaire divisionnaire.

– Eh oui capitaine, nous partons demain, mais avant, allons faire un tour à la Bastille, afin de réunir un maximum d'indices sur ce meurtre.

– Justement chef, j'ai appelé le brigadier Lesourd, il m'a dit qu'il nous attendait à son bureau.

– Bon allons-y de suite car après il faut préparer nos bagages pour notre villégiature en Basse Normandie.

– Non chef, le Mont est en Bretagne.

– Ne commençons pas le débat là-dessus, capitaine, je vous expliquerais plus tard.

– Il va falloir emmener des vêtements chauds, chef, car là-bas il doit faire plus froid qu'ici.

– Eh oui, capitaine. Allez en route. Allons voir ce commissariat, il parait qu'il vaut le détour, ça se trouve dans le douzième arrondissement.

8

Après avoir passé la gare de Lyon, on prend l'Avenue Daumesnil, beaucoup de petites boutiques asiatiques vendant des produits informatiques à bas prix sont éparpillées sur l'avenue. On passe devant la grande enseigne « Surcouf ». On a de la chance, le temps s'est relevé, un rayon de soleil arrive à transpercer les quelques nuages qui se promènent dans un ciel bleu.

La promenade sur cette avenue, avec ces arbres de chaque côté de la route, nous donne une bouffée d'oxygène dans ce Paris chargé. Les arcades aux briques rouges sur notre droite donnent une impression d'un tableau de Chagall. Arrivés à la hauteur du commissariat, le capitaine Tumart ne peut retenir son étonnement et pousse un cri.

– Mais qu'est-ce que c'est ça ? Demande-t-il dans son parler de la Picardie, moitié paysan, moitié urbain.

Je regarde le bâtiment en face de nous, je ne suis pas étonné de sa réaction, car ce que je vois, à une forme bizarre. C'est un immeuble de cinq étages en forme de V. La grande porte d'entrée est bizarre avec ces grands carrés garnis de croisillons. La couleur noire rend lugubre l'endroit. Adossées au toit il y des statues, sept à gauche et cinq à droite. Ce sont des sculptures identiques de formes masculines et sensuelles. Ils ont tous le bras gauche au dessus de la tête et la jambe droite tombant sur une corniche. Ce bâtiment étonne par sa conception.

– Eh oui capitaine, Paris regorge de chose étrange, comme ce que vous voyez en face de vous. D'après ce que je sais, ces sculptures représentent un esclave de Michel-Ange. Pour le reste, le brigadier Lesourd pourra sûrement nous en dire un peu plus.

Ayant passé le bâtiment, je tourne à gauche et je prends le Passage Gatbois, puis deux cent mètres plus loin, je tourne encore à gauche, la Rue Roland Barthés m'amène dans la rue de Rambouillet et là, je rentre dans le parking souterrain se trouvant sous le commissariat.

– Voilà, nous sommes arrivés, capitaine.

– Où là là, que je n'aime pas Paris, chef ! J'en ai le tournis. En Picardie, il n'y a pas tous ces tournants, les routes sont droites et pas d'embouteillage.

– C'est vrai capitaine, mais demain vous allez découvrir encore autre chose.

– Ah oui, chef. La mer et le froid.

Après avoir garé la voiture, nous prenons l'ascenseur. On arrive à l'accueil, c'est noir de monde, une file de gens en face de chaque hôtesse, je sors ma carte, que je montre à bout de bras, au dessus des têtes médusées. Et je crie dans ce brouhaha, dans cette jungle remuante, où quelques clics d'anciennes machines à écrire se répercutent dans cette cacophonie.

– Le bureau du brigadier Lesourd, s'il vous plait ?

C'est à peine si j'entends ma voix dans ce capharnaüm, la réponse de l'hôtesse m'arrive inaudible et je devine.

– Premier étage…. Porte vingt cinq.

– Merci ! que je crie !

Et on s'éloigne de la foule pour rejoindre une porte, en face de nous se dresse un grand escalier droit comme un I. Péniblement nous arrivons dans un grand couloir, garni de bancs. Beaucoup de monde assis se regardent en chien de faïence, quelques policiers en tenue surveillent ce beau monde. J'entends mon adjoint qui me parle, il est évident qu'il est pressé de quitter cet endroit et de retourner dans l'Essonne.

– C'est là chef, porte 25.

Aussitôt, je frappe à la porte, une voix féminine nous répond, j'ouvre et nous entrons. La policière nous parle d'une façon gutturale, elle doit penser que nous sommes des gens convoqués. Je sors mon sésame, son visage s'éclaircit d'un seul coup et d'une voix suave elle nous fait signe de s'asseoir.

– Le brigadier Lesourd est occupé au téléphone, il va vous recevoir, commissaire divisionnaire.

La curiosité la rongeait, cela la démangeait de nous poser des questions. Elle était jolie sans être belle, la trentaine, les cheveux blonds tirés en queue de cheval. A travers sa chemise de policière, l'on devinait une poitrine plantureuse, ses yeux bleus turquoise attiraient le regard. Ce qui bien sur, mit en émoi le capitaine qui lui engagea la conversation.

Cinq minutes après, la porte s'ouvre sur un policier en civil, la cinquantaine, le crane rasé, des yeux noirs pénétrants. Il était petit avec un ventre bedonnant.

– Entrez, commissaire divisionnaire, je vous attendais, le commandant d'Evry m'a averti de votre visite. Vous venez pour l'affaire 'Machin'. Drôle d'histoire vous savez.

Le bureau était petit, sur sa table il y avait des piles de dossier, c'était une vraie pagaille. Le brigadier vit à nos regards que l'on s'inquiétait du désordre de son bureau.

– Excusez ce fouillis, mais à Paris, il y a tellement d'enquêtes à régler que l'on n'a pas le temps de faire du rangement. En plus, nous manquons cruellement de personnel, sans compter que l'on doit faire du résultat. Bref c'est le bordel organisé.

Pour nous assoir, nous devons débarrasser les chaises, en retirant les piles de dossier que l'on pose parterre. Je vois le capitaine qui se retient de dire quelque chose, il a la tête d'un enfant perdu devant ce fatras. Même son regard a perdu de son intensité.

– Vous voulez des renseignements sur la mort d'Etienne Machin… (En disant cela le brigadier cherche le dossier en question, en remuant les piles)… Ah le voilà…(en l'ouvrant il sort quelques feuilles)… Alors nous l'avons découvert à … Ah voilà… 10 heures suite à l'appel de la concierge. Un coup de poignard droit au cœur le tuant net.

– Brigadier, j'ai le dossier où tout est expliqué, ce que je voudrais savoir, c'est si vous avez trouvé d'autres indices. Et pourquoi des ecchymoses sur un bras et une hanche, aurait-il été battu ?

– Non commissaire divisionnaire, cela n'a rien à voir avec le meurtre. Deux jours avant, il s'est fait renverser par une voiture. D'après les témoins, c'est volontairement que la voiture lui est rentrée dedans.

– Donc, on a essayé de le tuer auparavant, brigadier. Vous avez fait une enquête sur la voiture ?

– Pour la voiture personne n'a relevé le numéro d'immatriculation, ensuite à l'hôpital, je suis allé le questionner. Il disait que ce n'était rien, qu'il n'avait pas d'ennemi, bref que c'était un banal accident. Mais je sentais qu'il avait peur.

— On pourrait visiter les lieux du crime, brigadier, j'aimerais visualiser son logement, on ne sait jamais. Je peux découvrir quelque chose que vous n'avez pas remarqué.

— Bien sur, allons-y de suite.

On suit le brigadier jusqu'à sa voiture, c'était une superbe C5, on embarque à l'intérieur. Le brigadier démarre sur les chapeaux de roue, en arrivant sur la route, il met le gyrophare bleu. Et ce fut comme une course poursuite à travers les rues de Paris, des slaloms entre les voitures, les circuits de bus et les pistes cyclistes. Tout y passa. Le capitaine se maintenait aux accoudoirs, il était livide, pas tranquille de la façon dont conduisait le brigadier. Enfin, on arrive à destination, j'entends le capitaine pousser un « Ouf » discret.

Le brigadier retire le sceau et la bande jaune empêchant de rentrer et la porte s'ouvre sur un petit couloir. Je regarde le salon d'un regard circulaire et m'arrête sur l'ordinateur.

— Capitaine faites-moi une recherche dans l'ordi.

— Bien chef.

Pendant ce temps-là, je me dirige vers la cuisine. Au sol, la silhouette du corps est tracée à la craie. Une belle trace de sang encore visible. Le brigadier qui m'a suivi m'explique comment il a trouvé le corps.

— Voilà commissaire divisionnaire, l'homme quand il a reçu le coup de poignard est tombé à la renverse sur le dos. Le tueur a retiré le couteau et l'a essuyé sur sa chemise, et il était en train de manger. La porte n'a pas été fracturée, on ne sait pas si c'est lui qui a laissé sa porte ouverte ou si le tueur avait une clé.

— De toute façon, ce n'est pas le mort qui lui a ouvert la porte car de la façon qu'il a été tué, il a été surpris. Le tueur serait arrivé sans bruit derrière lui et l'aurait frappé ainsi.

Et je fais le geste du tueur en levant le bras et le faisant tomber sur ma poitrine. En mimant la scène, je regarde dans tous les coins, quand soudain mon regard est attiré par un objet se trouvant sous le meuble de la cuisine. Je prends un sachet plastique dans ma poche, je me baisse et délicatement je ramasse l'objet avec le plastique.

— Regardez brigadier vous avez vu ce que c'est ?

— Oui c'est un bouton de vêtement.

— Oui, mais quel bouton, cela vient d'un kabic breton.

— Ah bon, je ne connais pas ça.

– Etant breton, je sais ce que c'est. Et ce tueur, c'est aussi le tueur du Mont-st-Michel. Sur les vitres, ils ont trouvé des traces de tissu venant d'un Kabic. Les deux affaires se recoupent brigadier. Il suffit de faire analyser ce bouton et nous aurons l'identité du tueur.

– Ah bon, si vous le dites.

Le brigadier a l'air dépassé et je n'insiste pas. Pour moi l'enquête avance bien. J'appelle mon adjoint qui arrive rapidement.

– Regardez capitaine, la découverte que j'ai faite, avec cela on va avancer à grand pas. Et vous qu'avez-vous découvert dans l'ordi ?

– Un carnet d'adresses ayant les noms de l'écrivain et de sa fille, sinon rien d'intéressant. J'ai tout noté cela sur mon calepin.

– Bien brigadier, vous pouvez nous déposer à notre véhicule, s'il vous plait. Pour moi, l'affaire Machin est close. Je vous enverrai mon rapport pour votre dossier.

– Allons-y commissaire.

Le retour fut aussi mouvementé en regardant le capitaine je me mets à rire de le voir dans l'état qu'il est. Malgré sa grande taille, un mètre quatre vingt dix, quatre vingt dix kilos, il est fragile. Comme on dit, c'est un géant de papier.

Dix-huit heures, la nuit est tombée et le crachin aussi. Les rues sont brillantes et glissantes, la prudence des automobilistes est de rigueur. Et les bouchons se forment, les environs de la gare de Lyon sont noirs de monde. Le métro et les RER, crachant sont monde sur les trottoirs, les voitures sortant des parkings, engorgent encore plus les rues de Paris qui est à la fête. La porte d'Italie est passée avec difficulté, nous voilà sur l'autoroute du Sud, pleine à craquer aussi. Mon adjoint d'un seul coup sort de sa léthargie, il a enfin récupéré.

– C'est un cinglé ce brigadier, vous avez vu comment il nous a trimbalé dans Paris. A maintes reprises j'ai cru qu'il allait se payer une voiture. On a frôlé la catastrophe.

– Ils sont comme ça à Paris, ils sont un peu obligés, vu la circulation de la capitale. C'est vrai que dans la région d'Evry, on est plus à l'aise.

– Mais vous avez vu son bureau chef, quel bordel !

– Oui capitaine, mais ce que je ne comprends, c'est comment sont-ils passés à côté de ce bouton ?

La circulation commençant à s'éclaircir, la discussion s'arrête net. Le commissaire conduisant prudemment sous cette pluie, la visibilité étant réduite, le capitaine, les yeux fermés, récupérait de la conduite à la Fangio du brigadier. Arrivés à la brigade, Jérémy donne le sachet contenant le bouton au capitaine, puis avant de partir chez lui, il transmet ses ordres pour le lendemain.

— Capitaine envoyez moi ça au laboratoire. Demain rendez vous à huit heures au bureau avec votre valise, nous partons rapidement au Mont. Nous serons hébergés en intra-muros au village, à l'auberge Saint Pierre.

— D'accord commissaire, je serais prêt. A demain, chef.

Vingt minutes après, Jérémy arrive chez lui et explique à sa femme la mission qui lui a été confiée. Le Mont-st-Michel, elle avait envie d'y aller, elle aimait bien monter les marches menant à la basilique, marcher sur les remparts en admirant ces étendues de sable. Mais elle ne souhaitait pas y aller comme ça, son mari travaillant, non ce qu'elle voulait, c'est de se rendre au Mont pendant les vacances.

Après une brève discussion, Jérémy et Lupé préparèrent la valise. Jérémy téléphone à son fils. Sébastien venait à peine de se marier, il était militaire et habitait pas loin de la maison.

— Sébastien, c'est moi.

— Oui p'pa, que se passe-t-il ?

— Demain, je m'en vais en mission au Mont-st-Michel, deux meurtres et un vol de manuscrit à élucider. Normalement, j'en ai pour une semaine.

— D'accord, si j'ai bien compris, pendant ton absence, il faut que je m'occupe de maman.

— Oui, c'est cela, tu a tout compris.

Et ils raccrochèrent simultanément. Entre Jérémy et son fils, c'était comme ça, très peu de parole, mais la compréhension était là. Pendant ce temps là, Lupé avait préparé le souper. L'esprit breton était là, bien net et précis. Jérémy après un CAP de cuisinier, a passé près de trente ans à travailler en cuisine, les dernières années, il dirigea des cuisines centrales. Puis voulant changeant de registre, il s'inscrit à des concours pour embrasser la carrière d'inspecteur. Aimant la lecture de roman policier, la motivation lui fut facile, Et devenir un enquêteur du style d'Hercule Poirot lui allait comme un gant.

Six heures et demie, instinctivement, je me réveille. Je sors du lit tout doucement pour ne pas réveiller Lupé. Mais las, elle a le sommeil léger et elle se lève aussi. On déjeune ensemble, je prends ma douche et m'habille chaudement, un jean, une chemise blanche et par dessus un gros pull. Je me regarde dans la glace, et je me dis que la tenue me va bien. Avec mon un mètre soixante quatorze et soixante dix sept kilos, je suis un poids plume. Je regarde mes cheveux, pas besoin de peigne, je n'ai presque plus de cheveux sur le caillou. Ma petite moustache poivre et sel me donne un air sévère sur un visage de jeune premier. La valise mise dans le coffre, je me retourne pour dire au revoir à Lupé qui comme d'habitude me donne un tas de consigne, comme si j'étais encore un enfant. Elle est comme-ça, donc je laisse dire.

– Fais attention à toi, couvre-toi car là-bas il fait froid. Et conduis prudemment avec la pluie la route est dangereuse. Téléphone-moi chaque jour et tiens-moi au courant.

– Ne t'inquiète pas Lupé, tout se passera bien avec le capitaine comme garde du corps, je ne risque rien.

Et là-dessus, je prends mes clics et mes clacs, et pars en trombe. Je n'aime pas les adieux qui s'éternisent. Cela me gène énormément. J'arrive au bureau, le capitaine est déjà là à m'attendre. Lui aussi est en jean avec un grand chandail, de taille XXL vu la grandeur du vêtement. Nous prenons le volumineux dossier jaune, les gilets pare-balles, en espérant ne pas en avoir l'utilité. Nos armes de rigueur, le tout est mis dans un grand sac de sport. Et hop, nous voilà parti. Je laisse conduire le capitaine, une superbe Peugeot 607 de couleur noire, équipée d'un GPS incorporé au tableau de bord. Si tout se passe bien, nous serons au Mont vers midi.

A onze heures, nous apercevons au loin le majestueux Mont-st-Michel, la merveille. La route fut facile, le temps s'étant relevé. Un ciel timide parsemé de quelques nuages gris, un léger vent remuait à peine les arbres. On arrive sur les parkings, nous prenons celui qui mène directement au Mont. Un vigile nous demande nos papiers, je sors mon sésame, ma carte de police et le capitaine en fait autant, dans un grand salut à la militaire, il nous fait rentrer sur le parking réservé aux habitants du Mont.

On sort du véhicule et après quelques étirements, on se dirige à pied vers l'entrée principale. Quand on pénètre dans cette petite placette, je sens déjà l'histoire de ces grosses pierres. C'est impressionnant. Si elles pouvaient parler, elles en auraient des choses à dire. Quelques touristes commencent à arriver. Nous passons sous une voute où se trouvent deux grosses portes en bois ouvertes Dans l'ancien temps, il y avait un pont levis et une herse qui sont toujours là, apparents. De chaque côté une tour, celle de gauche est la tour du Roi et celle de droite, la tour de l'arcade. Au dessus de la voute se trouve la Mairie du Mont. Nous prenons à droite et gravissons d'anciennes marches. La mairie est petite, à l'accueil, une charmante secrétaire nous reçoit. Nous montrons nos cartes de police. La charmante dame pousse un petit cri d'extase et nous pose quelques questions.

— Vous venez pour le meurtre de la grande Rue. Pauvre homme quand même. Vous êtes hébergés en intra-muros ou… ?

— Intra-muros, bien sûr. On nous a retenu deux chambres à l'auberge Saint Pierre, le temps de notre mission.

— C'est une bonne auberge, vous y serez bien.

Une fois réglée la question administrative avec la mairie, nous redescendons ces fameux escaliers de pierre. La Grande Rue commence à se remplir, les touristes ont débarqué. Quelques mètres plus loin, j'aperçois l'auberge. C'est vrai qu'elle a de la gueule. Je crois que l'on va s'y plaire. Je ne sais pas pourquoi, mais en voyant cette bâtisse, mon estomac gargouille, je commence à avoir un petit creux. Je me tourne vers le capitaine qui a les yeux grands ouverts. Il est estomaqué de voir toutes ces vitrines garnies de divers bibelots. Cette rue grouillante où se mélangent les Chinois, Américains et autres nations, le sidère.

— Capitaine voilà notre auberge, vous n'avez pas faim ?

— Oh que si, commissaire, j'ai une faim de loup. Il est quand même midi passé.

Je reconnais là, le capitaine, dès que l'on parle de manger, il n'est plus le même homme. Il est vrai que depuis sept heures du matin nous étions sur la route, à part un arrêt pipi et une pause café, on a le ventre vide. Je regarde l'auberge, cette bâtisse à pan de bois est admirable. Je pousse la porte et là aussi, je suis en admiration, c'est chic et classe. Le capitaine ne peut s'empêcher de siffler d'admiration.

– Eh bien chef, la police ne nous refuse rien, dormir et manger sur le Mont est un privilège. Mais quelle classe.

– Oui capitaine, le ministère de la culture prend la moitié des frais. Nous mangeons, on s'installe dans nos chambres et au boulot.

L'accueil est chaleureux, l'hôtesse, une femme charmante aux yeux en amande, nous donne les clefs, avec un mot gentil, la même voix suave de l'hôtesse de Radio FIP.

– Bienvenu à notre auberge commissaire, vos chambres sont prêtes, vous pouvez manger de suite si vous le souhaitez. Le restaurant est en face de vous.

La voix chaude de l'hôtesse nous met à l'aise, on sent de la tranquillité dans cette auberge. Sur le mur un écriteau nous signale que l'auberge est un monument historique du xv siècles, rénové en 1985 par les architectes des monuments historiques. La salle de restaurant est luxueuse, quelques clients dégustent les mets servis par des mains expertes.

Après le repas, nous montons quelques marches pour rejoindre nos chambres. Celles-ci sont spacieuses, une fenêtre sur chaque pan de mur, nous montre la baie avec Avranches au loin. Un petit bureau en bois peint en blanc, quelques tiroirs et dessus un petit poste de télévision. Les deux lits d'une place sont recouverts de draps garnis de motifs fleuris, les douches et toilettes sont propres bien pourvues en papier. On sent malgré tout une légère humidité. Une fois mes affaires bien rangées, je vais frapper à la porte du capitaine qui lui aussi est déjà prêt. En descendant nous prenons à droite et nous arrivons dans le patio. Nous décidons de prendre un café tout en étudiant le dossier.

9

Le dossier est épineux, je ne sais pas par quel bout commencer. Qu'avons-nous pour enquêter sur le Mont ? Un mort dans la Grande Rue, un rendez-vous raté à Notre Dame sous Terre, un manuscrit médiéval disparu, trois hommes se sont trouvés sur le Mont en même temps, l'un est tué ici et l'autre à Paris, le troisième où est-il ? Ici, ou à Paris…

Premièrement, il faut que l'on se renseigne sur ce fameux document disparu, ensuite, faire une enquête de promiscuité, savoir si quelqu'un a vu ces hommes, aller à l'hôtel Le Relais du Roy qui se trouve en face du Mont à trois ou quatre kilomètres.

Je suis tellement occupé à penser à l'enquête que je n'ai pas vu un homme assis à la table voisine qui nous regarde fixement, c'est le capitaine qui discrètement me fait signe. Il est grand et svelte, vêtu de noir, il a les yeux et les cheveux poivre et sel, une barbe grisonnante de plusieurs jours mal entretenue. Il sirotait tranquillement son café sur la table, à côté de sa tasse, il y avait un livre d'archéologie. Discrètement, je le regarde, je ne vois rien de particulier, il ressemble à un professeur. De part son physique, il ne parait pas dangereux. Il a plutôt l'air jovial. Puis je me tourne vers le capitaine.

— Bon allez Philippe, allons faire un tour. On va aller voir Notre Dame Sous Terre, c'est là qu'avaient rendez-vous l'écrivain et Machin.

En sortant de l'auberge, nous prenons à droite, en direction de l'Abbaye. Beaucoup de touristes grimpent allègrement, s'arrêtant aux boutiques qui parsemées çà et là dans la Grande Rue. Furtivement je regarde derrière moi, personne ne nous suit. L'homme est sans doute resté à l'auberge. A l'approche de l'hôtel du Mouton blanc, j'aperçois encore des traces du meurtre. Une croix rouge me signale l'endroit où se tenait le corps. Je regarde la devanture puis à deux cent mètres, les marches menant à l'Abbaye, et je me tourne vers le bas de la Grande Rue.

— Regardez capitaine, notre tueur placé là, à la devanture, avait une vue imprenable pour voir arriver son gibier. Avec la nuit noire, et une forte tempête, ce jour là, notre homme était pratiquement invisible.

Puis on continua notre chemin. Au pied de l'escalier, le capitaine s'apprêtait à gravir les grandes marches. Je l'arrêtais aussi sec.

– Non capitaine pas par là, Notre Dame sous Terre se trouve dessous l'Abbaye, donc nous devons passer par la droite, ici. Au bout là-bas, nous arrivons à l'arrière de la Merveille.

– Est-ce que je sais commissaire, c'est la première fois que je viens ici. J'en ai déjà plein les mirettes, comment voulez-vous que je sache où l'on va. Moi je vous suis.

Je me mis à rire de sa réponse et continuais mon chemin, suivi par le capitaine qui maugréait contre les touristes qui le bousculaient. Nous arrivons à la crypte souterraine, elle est sombre. Dès l'entrée, une étrange sensation faite de mystère et de recueillement nous saisit à la gorge. Nous pénétrons par un long escalier qui semble descendre au cœur de l'univers. La chapelle obscure était séparée par deux arcades de pierre, où s'étendaient deux nefs carrées identiques, terminées chacune par le même petit chœur vouté en berceau où trônait un autel analogue surmonté d'une tribune avec un escalier atteignant la voute de pierre.

Je me tournais vers Philippe, il avait la tête couleur de craie due surement à la pâleur blanche du granit. Il avait les yeux d'un jeune gamin qui découvre un nouveau jouet.

– C'est une chapelle de forme rectangulaire à la maçonnerie massive de près de deux mètres, construite par les bretons. Ce fut un temple celte à l'origine, ensuite, transformé en crypte, lors de la construction de l'église préromane afin de soutenir l'abbaye.

– Breton ! Je croyais que le Mont était normand ?

La question qui tue, un crime de lèse majesté. Dire à un breton que le Mont est Normand, cela ne se fait pas. Le capitaine Tumart se rend compte de son erreur, mais trop tard. Jérémy piqué dans son fort intérieur s'envole dans une explication lyrique sur les origines du Mont.

– C'est une longue histoire mais je vais vous en expliquer une partie. Le Mont fut breton de génération en génération. Mais en 933, les normands nous ont volé le Mont. Les Vikings menèrent leurs troupes contre les bretons et les battirent avec une violence inouïe. C'est ainsi que le Mont-st-Michel devint normand sur ordre du Roi de France. Mais avant cette date nous y étions, nous les bretons et nous étions celtes !...Mais en 966, le duc de Normandie Richard 1er, surnommé Richard sans peur, qui n'avait pas confiance en ces chanoines corrompus, décida de les expulser. Avec l'assentiment du Pape, il les chassa violemment du Mont et confia les lieux sacrés à douze moines bénédictins issus d'Abbayes Normandes. Ce fut l'évêque Aubert qui était d'Avranches et breton qui fut chargé de construire ce sanctuaire sur le Mont.

— Houlà chef, quelle tirade, vous en connaissez des choses sur le Mont.

— Et ce n'est pas fini, c'est la rivière qui s'appelle le Couesnon qui fait la frontière entre les deux régions.

— Ah oui, j'en ai entendu parler, je croyais que c'était une farce. Suivant le vent et la direction du Couesnon, le Mont est soit breton, soit normand.

— Oui, c'est cela.

Sans me rendre compte, comme d'habitude quand je parle du mont, je me suis emballé. Retournons à nos moutons et commençons notre travail. Nous ne sommes pas des touristes, mais des policiers chargés d'une enquête. Ne l'oublions pas. Si vous voulez une bagarre entre normand et breton, parlez du Mont-St-Michel.

— Alors voilà, c'est ici que l'écrivain et l'autre homme avait rendez-vous. Que faisait Machin ? Les cent pas devant cette crypte. Quelqu'un a dû le voir. Regardez en bas, c'est le village, il y a quarante personnes qui y vivent.

— Et vous pensez que des villageois auraient vu quelque chose. Comment faire pour les trouver ces braves gens ?

— A la mairie, capitaine.

— Comment ça à la mairie.

— On va demander au maire de nous donner le registre des habitants du Mont. Il est … Presque dix sept heures. Allons-y de suite avant qu'il ne ferme.

Et on redescendit la Grande Rue à grandes enjambées, après quelques slaloms parmi les touristes nous voyons la porte du Roi et ses fameuses marches à sa gauche qui nous emmènent à la mairie. Arrivés en haut des remparts, je jette un œil sur la Grande Rue avec une ruée de touristes asiatiques. Face à la devanture de la Mère Poulard, ils sont là à prendre des photos, les flashes crépitent sous les cris et les rires des femmes.

Quand j'aperçois un homme qui tout en haut de la Grande Rue semble vouloir se cacher dans la meute des touristes. Il s'agit de notre homme de l'auberge. Serait-on surveillé ? Soyons sur nos gardes, on ne sait jamais. Après quelques conciliabules avec la secrétaire de la mairie, nous avons notre liste : Quarante trois noms, trois cent commerces, cinquante commerçants et cent électeurs. Et aussi, cinq frères et cinq sœurs des fraternités monastiques de Jérusalem.

Liste à la main, je décide de rentrer à l'hôtel. Nous marchons sur les remparts, en admirant le paysage. La nuit est tombée, emmenant ces gros nuages. La lune, en quartier descendant, éclaire les quelques vagues qui tapotent le sable gris. Un léger vent se lève et je dois relever mon col pour ne pas prendre un coup de froid. Le capitaine est en admiration devant cette splendide vue nocturne. Nous arrivons à notre auberge et filons chacun dans notre chambre. Je me pose en face de mes deux fenêtres, l'une à gauche, me montre Tombelaine, massif graniteux et noir, et l'autre fenêtre, à ma droite, j'aperçois au fin fond de la baie, des myriapodes de lumières, Avranches, citée des manuscrits du Mont. Puis je m'assoie à mon bureau et étudie la liste des gens habitant le village.

La liste est bien faite, en face de chaque nom, il y a la date de naissance, l'adresse exacte, lieu de travail et date d'arrivée sur le Mont. Je vois que le maire c'est le patron du restaurant de la mère Poulard.

Je fais un tri dans toute cette liste. Sur une feuille de papier, je mets vingt deux noms et sur une deuxième, les vingt et un autre noms. Je m'aperçois que les frères et sœurs ne sont pas dans la liste des habitants du Mont. Les commerces étant fermés à vingt trois heures, je les mets de côté, me disant que l'on verra cela plus tard. Ce travail terminé, je prends une douche. L'eau chaude qui me tombe sur les épaules me fait du bien, car la légère humidité qui est toujours présente dans la chambre, malgré le chauffage, me pénètre insidieusement à travers la peau. J'appelle Lupita comme prévue mais elle me pose un tas de questions. Je laisse passer ce moment important pour elle, et je lui raconte ma journée. Je raccroche le « bigophone », tout content d'avoir eu ma femme. Je prends mes deux listes et je me dirige vers la chambre du capitaine. Au premier coup sur la porte, Philippe apparait, il a revêtu une petite laine. Son petit poste de télé est allumé sur les informations locales. J'entends ma langue maternelle. Etonné, je regarde mon adjoint et lui demande pourquoi, il écoute les infos en breton.

– Pour bien faire mon travail ici, je m'imprègne de l'ambiance bretonne, j'écoute et je regarde tout ce qui se passe autour de moi. D'ailleurs chef, faites-moi penser à acheter un livre sur l'histoire du Mont.

– D'accord capitaine, mais d'abord allons manger, car j'ai une grande faim. Et puis comme dit le dicton « un sac vide ne tient pas debout ». Et comme Poirot, mes neurones ont besoin de nourriture et de repos.

– Oui chef, moi aussi j'ai faim, l'air iodé du Mont, m'a ouvert l'appétit.

On entre dans le restaurant et la première personne que l'on aperçoit, c'est le bonhomme curieux. En passant auprès de lui, il nous dit bonjour, en remuant de la tête. Nous nous asseyons et commandons notre repas. Pour notre arrivée nous demandons une coupe de champagne et en dégustant ce fameux élixir, nous étudions les deux listes de noms.

– Demain matin à huit heures, nous allons rendre visite aux villageois, en sachant que la plupart seront au travail dans leur commerce. La liste étant complète, c'est facile on commence par les commerçants et on finit par ce qui reste.

– Et que pose-t-on comme questions ?

– Savoir si le jour du meurtre ils n'auraient pas vu quelque chose d'inhabituel dans la Grande Rue vers les vingt trois heures et aussi à Notre Dame sous terre. Tenez, prenez cette liste et moi celle-là.

Après avoir fini notre délicieux repas, nous décidons de nous séparer. Je fais quelques boutiques, cherchant ce que je pourrai ramener à Lupita. J'erre pendant une heure dans la Grande Rue, mais le cœur n'y est pas. Trop de pensées polluent mon cerveau, être loin de ma femme me rend taciturne, Je me pose beaucoup de questions sur cette enquête. Pourquoi cet homme a-t-il été tué sur le Mont, et non pas à son hôtel par exemple ? Ou sur la route ? Pourquoi M. Machin est venu de Paris pour fixer un rendez-vous à Notre Dame sous terre ? Et ce manuscrit, il a été découvert au Mont. Tout tourne autour de cette prestigieuse île, avec son Abbaye appelée « la Merveille». Tout en réfléchissant, je me rappelais avoir lu un thriller qui se passait sur le Mont, « la promesse de l'Ange » de Frédéric Lenoir et Violette Cabesos.

C'est l'histoire d'une archéologue passionnée par le moyen âge qui se trouve prisonnière d'une énigme où le passé et le présent se rejoignent. Et Roman le bâtisseur, Moïra, la celtique et les fouilles dans la crypte Notre Dame sous terre me reviennent en mémoire. J'ai l'impression d'être dans le livre. J'espère que je ne vais pas m'investir de trop dans cette enquête. Déjà que tout à l'heure en parlant du Mont, je me suis envolé…

Arrivé devant l'auberge, je me retourne vers la Grande Rue qui se vide de ces touristes et j'aperçois le capitaine en pleine discussion avec une jeune dame. Il enquête ou il drague, bon peu importe, il a quartier libre. Je vais pour rentrer dans l'auberge quand j'aperçois auprès du capitaine, l'homme qui nous surveille. Je reste un moment à le regarder, il fait les cent pas, faisant semblant de s'intéresser aux boutiques. Demain, il va falloir qu'on s'explique tous les deux, me dis-je.

Je monte à ma chambre, m'arrêtant un bref moment au bar pour déguster une bonne bière bien fraîche. Arrivé à ma chambre, je m'assois à mon bureau pour noter les péripéties de la journée. Je pense à ma femme, cela fait plus de trente ans que nous sommes mariés, mais c'est toujours avec une certaine appréhension que l'on se sépare. Son absence me pèse.

C'est une mexicaine dont à trente ans j'ai eu le coup de foudre, et j'en suis tombé amoureux. Cela a été mon grand amour. Elle adore faire la cuisine, porter les belles robes et les parfums français, manger le foie gras accompagné de champagne. La fatigue me tombe sur les yeux qui papillotent. Je m'allonge sur le lit froid, je me couvre de grosse couverture, l'humidité du Mont est prenante. La nuit est agitée, je n'arrive pas à bien dormir. Dans mes rêves, je vois Roman qui se fait tuer d'un coup d'épée par Almodius, Moïra qui subit les sévices de la religion, des moines meurent aussi. Je ressent un sentiment d'oppression, comme si l'histoire ancienne des pierres voulait me serrer contre eux, me délivrer un message, me raconter les mystères ancestraux du Mont.

10

Germain Rocher se prépare à descendre pour diner quand le téléphone sonne. Qui peut me déranger à cette heure-ci, se dit-il ? Il décroche et reconnait la voix du directeur de l'archéologie au ministère de la culture, François Berlevent.

– Bonjour Germain ça va, bien arrivé au Mont ?

– Oui François, je m'apprêtais à descendre pour manger. Pourquoi m'appelles-tu ?

– Eh bien voilà, les inspecteurs chargés d'enquêter sur le mort du Mont sont arrivés ce midi. Ils sont aussi dans ton hôtel, comme ça ta mission sera simplifiée. Il s'agit du commissaire Jérémy Roncher, c'est un coriace mais intelligent. Il est seconde par le capitaine Philippe Tumart, lui c'est un colosse. Tu fais comme on dit à Paris, tranquille et sans problème. OK…

– Ne t'inquiètes pas, ça marchera sur des roulettes. Aller, à plus…

Et Germain pose le téléphone, note sur son calepin les noms des enquêteurs, puis se rend au restaurant. Il est guilleret, tout content de sa mission au Mont, tout en respectant son premier travail, il va pouvoir continuer ses recherches sur les manuscrits du Mont. Déjà, il a prévu de passer une journée au scriptorium à Avranches. Il a hâte de fouiller dans ces archives ancestrales, de remuer ces pages poussiéreuses, de prendre vie avec les personnages médiévaux. Il est de taille moyenne, avec une figure ronde et joviale, de petits sourcils posés sur des yeux ronds couleur noisette. Son costume en velours rayé, couleur marron et un polo marron foncé lui donne un air de professeur universitaire.

Germain Rocher est chercheur en archéologie, spécialisé en médiéval. Sa passion c'est le moyen âge, son travail consiste à faire des recherches sur des anciens manuscrits. Et le fait de se trouver sur le Mont lui va à ravir. Car il y a eu, au Mont-st-Michel un des ateliers monastiques les plus productifs de l'Europe médiévale. A l'Abbaye, il y avait une légion de moines copistes, qui ont laissé une quantité d'ouvrages sur lesquels Germain travaillait avec d'autres universitaires français et anglais. Il préparait une thèse pour la Sorbonne.

Cà c'est sa couverture actuelle car en réalité le ministère de la culture qui souhaitait récupérer les documents disparus, l'on chargé de suivre le déroulement de l'enquête et au pire des cas d'aider les enquêteurs. L'important pour eux, c'était de retrouver ces manuscrits. Soit disant ces documents auraient été volés par Céline Brisset. Mais Germain n'y croit pas. Il connait Céline ayant travaillé avec elle sur le chantier de Léonard de Vinci à Lisses. C'était une jeune fille charmante, aimant ce qu'elle faisait. Elle voulait faire connaitre aux gens les origines de leur vie. Ces recherches étaient minutieuses, elle avait une patience bien féminine. Il lui arrivait de passer des heures à découvrir un objet, en donnant des petits coups de pinceau, de peur de l'abimer. C'est vrai qu'elle était jeune, gaie, enjouée, aimant plaisanter, mais de là à voler un manuscrit, ce n'est pas dans sa logique. Et sa fugue, il n'y croit pas non plus. Il y a quelque chose au dessus de tout cela. Elle est sûrement séquestrée quelque part. Et puis ces deux morts ? Il faut que je sois prudent moi-aussi, se dit-il…

De toute façon, si cela va mal, je me tourne vers ce commissaire Jérémy Roncher. Je tiens à la vie moi ! Même si c'est dur de vivre seul. Son amour, son grand amour est parti. Un soir en rentrant, il a trouvé la maison vide, pas un mot sur la table. Dix ans de vie commune où les choses se passaient bien, mais les derniers mois il avait senti que quelque chose n'allait pas. Il est vrai qu'elle était plus jeune de huit ans. L'appel de la jeunesse peut-être. Qui sait ! Depuis, il n'avait plus de nouvelle, même pas une lettre, pas un coup de téléphone. Elle était partie comme elle était arrivée. C'était un fantôme pour lui maintenant, et elle l'empêchait de dormir. Parfois dans la rue, il croyait l'apercevoir, il s'approchait pour lui parler, mais elle disparaissait soudainement.

Il se mit à sa table habituelle au restaurant, il passa commande puis en attendant il se mit à lire un livre archéologique sur le Mont. A la table d'en face, il découvrit deux hommes qui venaient d'arriver. Ils correspondaient à la description qu'il avait eue de François. Surtout le colosse, il devait faire au moins cent kilos pour un mètre quatre vingt dix, se dit-il. Et son regard ! violent, un regard d'aigle. Entre deux lignes de son livre, il jetait un regard sur les deux policiers. En les voyant, il se sentait rassuré.

Tout en mangeant son entrée, il eut une pensée pour la serveuse de la petite boutique « les merveilles du Mont », un joli brin de fille, des cheveux blonds sur une peau olivâtre tirant sur le brugnon. Tous les jours, il allait acheter sa barre de chocolat. Un motif bien sûr pour la rencontrer, lui parler. Il aimait bien cette fille. Un amour commençait-il à naître ? Non se dit-il, c'est trop tôt, les anciennes blessures de l'amour, ne sont pas encore bien cicatrisées. Mais bon, elle me plait cette jeune fille. Un bref coup d'œil sur la table voisine, ils étaient en pleine discussion. Il finit son repas, quitta l'auberge, puis se dirigea vers la petite boutique. Il se mélangea au peu de touristes qui restaient, traina devant quelques boutiques. Par un pur hasard, il tomba sur le colosse en pleine discussion avec une jeune femme. Il s'approche tout doucement, écoutant ce qu'ils se disaient. Mais il est en train de draguer, se dit-il, en écoutant les mots.

Le capitaine trop occupé avec sa petite brunette ne fit pas attention à l'homme auprès de lui. Il était parti dans ses petites phrases fétiches pour draguer la gente féminine, quand une charmante voix, lui demanda ce qu'il voulait. Il se retourna et vit sa petite blonde, charmante à souhait.

– Que désirez-vous Monsieur ? A vous, je sais, une barre de chocolat. Vous n'êtes pas un touriste, il me semble.

Germain se dit que la discussion partait bien et il en profita.

– Vous avez tout deviné, mademoiselle…

– Cloé, monsieur…

– Germain, je suis chercheur archéologue, ma spécialité c'est le moyen âge.

– Ah ! Vous venez étudier le Mont ?

– Oui, aujourd'hui vous avez un peu de monde, on peut se voir pour discuter un peu plus.

Cloé lui répondit doucement.

– On se voit à 19 heures à Notre Dame sous terre.

– D'accord, j'y serai.

Et là-dessus, ils se quittèrent le cœur plein d'entrain surtout Germain dont le cœur battait la chamade comme un jeune premier.

II

Sept heures, je me réveille la bouche pâteuse, la forme n'est pas au rendez-vous. Je m'étire comme un chat et je regarde vers la fenêtre, le jour n'est pas encore levé, le ciel est noir, les nuages sont plein à craquer. Le mauvais temps est encore au rendez-vous. Je me lève, je prends une bonne douche. L'eau brûlante me tombant sur les épaules puis sur le dos et le ventre me fait du bien. Je suis tout ragaillardi, j'ai intérêt à être en forme car l'enquête de promiscuité va être longue. Après le petit déjeuner, en route pour le village, il faut qu'on y soit avant qu'ils aillent à leurs boutiques.

Je frappe à la porte du capitaine, il est fin prêt. Je le regarde des pieds à la tête. Il a mis un jean et un grand pull qui lui tombe sur les fesses. Sur la tête, il a posé une casquette noire avec les inscriptions NY, il fait vraiment touriste américain comme cela.

— Bon allons déjeuner et à huit heures on fait le village, dans l'après midi, on fait les commerçants.

— Allons-y chef, je suis prêt. Et j'ai une faim de loup.

— Vous êtes rentré à quelle heure hier soir ?

— Euh… Ce matin vers une heure.

— Avec la petite brunette ?

— Oui, après la fermeture de la boutique, on a été à un petit troquet « le Tripot ». On a bu deux ou trois bolées de cidre, tout en parlant de tout et de rien. Puis nous sommes montés vers l'abbaye où assis sur un muret, on regardait les étoiles. Au bout d'un moment, elle m'a raconté son histoire.

— Vous n'avez pas eu froid là-haut ?

— Non chef, le ciel était dégagé et les étoiles resplendissantes.

— Hum, hum… Répondit le commissaire.

— Et devinez qui on a vu là-haut ?

— Qui ça ?

— Eh bien Germain, avec une petite blonde, bien mignonne, il avait l'air de bien s'entendre.

Ils déjeunèrent copieusement, surtout le capitaine, vu sa carcasse, il lui fallait du costaud. Moi, comme d'habitude, ce fut deux grands bols de café au lait, accompagnés de pain tartiné au beurre salé. Je cherchais dans la salle l'archéologue, mais il n'était pas là. Je me rappelais qu'hier soir, il était auprès de Philippe.

– Au fait capitaine, hier soir vous n'avez pas remarqué que l'on vous suivait ?

– Non, je n'ai vu personne. Peut-être au début, avant que les boutiques ferment, mais je n'ai rien vu. Mais après le Tripot, il n'y avait personne, les rues étaient vides. Si quelqu'un m'avait suivi, je l'aurai vu.

– Hier soir, l'archéologue était auprès de vous quand vous discutiez avec la brunette.

Instinctivement, les deux hommes jetèrent un regard dans la salle, ils ne trouvèrent pas leur homme.

– Il n'est pas là aujourd'hui, dit le capitaine.

– Bon allons au village maintenant.

Les deux hommes descendirent la Grande Rue, un petit crachin se mit à tomber, les transperçant. A droite ils prirent un petit chemin qui les emmena auprès du cimetière. De là, ils virent les bâtiments médiévaux, austères avec leur toit d'ardoises. Aux fenêtres, les volets peints en blanc rajeunissaient l'immeuble. Ils se séparèrent et chacun, sa liste à la main entrèrent dans ses maisons de pierre.

Deux heures après, toujours pas de résultats. Quelques résidents sont absents, sûrement qu'ils sont à leur boutique. Je continue malgré tout et pénètre dans la dernière entrée. Au troisième étage, je m'arrête et regarde par la petite fenêtre. Je vois en face de moi, l'Abbaye, est en dessous, en regardant vers la gauche, j'aperçois Notre dame sous terre. Ce qui veut dire que les résidents de ce palier, qui ont une vue sur l'Abbaye, ont peut-être aperçu quelque chose. Avec un peu de chance, je risque de tomber sur l'oiseau rare qui aurait passé sa soirée à admirer la Merveille. Je frappe à la première porte, une femme en robe de chambre, des bigoudis sur la tête, m'ouvre. Je lui montre ma carte et je me présente. Elle parait étonnée, elle regarde la carte et moi-même.

– Bonjour madame, je suis le commissaire principal Jérémy Roncher. Je suis chargé de l'enquête concernant le mort trouvé dans la Grande Rue.

– Bonjour commissaire, que voulez-vous savoir ? Mais je suis pressée, je dois ouvrir la boutique et je ne suis pas encore prête.

– Vous permettez que j'entre cela ne sera pas long, madame.

Je la suis jusqu'au salon, je m'approche de la fenêtre, et de là j'aperçois Notre Dame sous terre. La jeune dame me regarde, à son regard je devine qu'elle trouve mon attitude bizarre.

– Il y a quelque chose qui ne va pas, commissaire ?

– La nuit où l'on a découvert le corps, disons entre vingt trois heures et minuit, n'auriez-vous pas vu quelque chose de bizarre, là-haut ?

– Vu quoi ? Je ne me souviens pas si quelque chose qui m'a choqué.

– Vous n'auriez pas vu un homme faire les cent pas, par exemple ?

– Vous savez, il y a beaucoup de monde qui font les cent pas ici, mais… Attendez ! Il y a quelque chose qui m'a frappé, je me rappelle maintenant.

– Qu'est-ce que vous avez vu ?

– Enfin je ne sais pas si cela est important. Ce jour là, j'avais invité une amie à un petit repas, elle buvait sa coupe de champagne en regardant par la fenêtre et c'est là qu'elle m'a dit :

– Tu a vu ce mec qui fait le pied de grue, là-haut, j'ai l'impression que sa dulcinée lui a posé un lapin. Ah ! attends, voilà quelqu'un qui arrive. Mais c'est un homme ! c'est un rendez-vous homo sexuel.

– Et ensuite ?

– Eh bien je me suis mise à la fenêtre et j'ai regardé le manège que faisaient ces deux hommes.

Sur la poignée de la deuxième fenêtre, je vis une paire de jumelle. Parfois, elle devait regarder les activités des touristes. « C'est un passe-temps comme un autre », me dis-je. Je lui posais la question.

– Pour mieux voir, vous avez pris ces jumelles, et qu'avez-vous vu d'autre ?

La jeune dame changea de couleur et ses joues devinrent écarlates et elle bafouilla un peu.

– Euh… Oui commissaire… Euh… Quelquefois… J'aime bien regarder ce qui se passe, des fois c'est marrant.

– Et qu'avez-vous remarqué, ce soir là ?

– Et bien, les deux hommes semblaient discutés violemment, ils parlaient comme les marseillais, en faisant de grands gestes. Puis ils se sont quittés, l'un est descendu par la passerelle et l'autre par les marches de l'Abbaye.

– Et ces hommes, ils étaient comment ?

– Celui qui est parti par la passerelle était petit, bedonnant et l'autre c'était un grand maigre, si bien que ma copine les a surnommés Laurel et Hardy.

– Bien madame, dès que mon procès-verbal sera fait, je viendrai vous le faire signer. Je vois sur la liste que la mairie m'a donnée, que vous avez une boutique, « les souvenirs du Mont ».

– C'est bien cela, commissaire. Bon, maintenant je m'excuse, il faut que je me dépêche. Et je suis en retard.

– Au revoir, madame.

En quittant la charmante jeune femme, je décidais d'arrêter là mes auditions. Je voulais vérifier si ces informations, étaient crédibles. Le petit bonhomme c'est surement Machin, mais qui est le deuxième ? L'écrivain ! Non cela ne peut pas être lui. Il n'est pas arrivé à son rendez-vous, puisqu'on l'a tué avant. Le tueur ? Une autre personne ? Mais qui ? Et la fille de l'écrivain où est-elle en ce moment ? Et les manuscrits ? Décidément tout tourne autour du Mont.

Onze heures à ma montre, j'arrive à l'auberge, le capitaine n'est pas encore là, je décide de l'attendre au bar en dégustant une bière. La belle blonde me désaltère. Le liquide en coulant dans ma gorge me rassasie. Dix minutes plus tard, Philippe arrive, l'air dépité. A sa tête, je devine qu'il arrive bredouille. Il commande lui aussi une bière et une fois ingurgitée, il daigne enfin s'exprimer.

– Choux blanc chef, personne n'a rien vu, à part des touristes, rien d'inhabituel. C'est à croire qu'ils ne vivent que dans leur petit monde. Et vous chef, je vois à votre tête que vous avez eu quelque chose ?

– Oui Philippe, mais venez, allons manger, on parlera à table.

Dans le restaurant, notre archéologue n'est pas là, la surveillance s'est relâchée. On s'assoit à notre table habituelle, le serveur nous demande si on veut une coupe de champagne. Je crois qu'il a compris nos habitudes.

Tout en dégustant notre verre, je raconte à Philippe, ce que m'a dit la jeune femme.

– Mais chef, si je comprends bien, vous pensez que la fille de l'écrivain et les manuscrits seraient sur le Mont ? Et qu'il y aurait un autre homme ? Et l'archéologue, qui est-il ?

– Oui, Philippe, pour moi la fille de l'écrivain a été kidnappée et serait ici. Il doit y avoir un réseau entre le ministère de la culture et les kidnappeurs.

– Houlà chef, c'est grave ce que vous dites là, vous accusez un ministère d'état.

– Non, Philippe je n'accuse pas le ministère, mais plutôt quelqu'un qui travaille dans un de ces services et qui tire les ficelles. Ce manuscrit doit avoir une certaine valeur. Mais pourquoi ces meurtres ? Que faisaient ces deux hommes, la nuit du meurtre à Notre Dame sous terre ? Qui est ce cinquième larron ?

– Cinquième larron ?

Philippe est étonné de voir son chef sortir comme ça de son chapeau une cinquième personne. Comment fait-il pour raisonner ainsi ?

– Regarde, il y a l'écrivain, le tueur, Machin, l'archéologue et celui qui se trouvait avec Machin la nuit du meurtre. Cela fait bien, cinq.

– Cela veut dire qu'il faut qu'on parle à l'archéologue, mais j'ai l'impression qu'il a disparu. Et chercher cet inconnu. Qui est-il ? Cela ne va pas être facile, chef.

– Et oui Philippe, c'est notre boulot de trouver l'introuvable.

Après le repas, nous allons prendre notre café sur la terrasse côté rempart, il y a beaucoup de monde. Malgré le temps incertain, il y a toujours foule au Mont. Une chose m'intrigue, c'est cet archéologue, où est-il ? J'espère que ce n'est pas notre prochaine victime. J'appelle le serveur.

– Dites-moi, le client qui hier mangeait en face de nous, c'est bien un archéologue ?

– Oui, commissaire, il travaille pour le ministère de la culture au service archéologique.

– Pourquoi n'est-il pas là, il est parti.

– Non commissaire, il m'a dit qu'il ne serait pas là de la journée car il avait un travail à faire à Avranches, toujours dans ses recherches d'archives sur l'époque moyenâgeuse. C'est sa passion m'a t-il dit. Nous avons beaucoup parlé ensemble, car moi aussi j'aime ça.

– Bien, je vous remercie.

– De rien commissaire, si vous avez besoin de renseignements, je suis à votre disposition.

Après le café, nous allons faire notre enquête auprès des commerçants. Philippe prend le côté droit et moi le côté gauche. Une petite foule monte la Grande Rue, j'entends parler espagnol, asiatique, anglais et slave. Après moult questions avec les commerçants, je m'aperçois que personne n'a rien vu et entendu, ce soir là. Même les bistrots qui ferment à minuit, n'ont rien vu. Arrivé au niveau de la Mère Poulard, j'admire un couple qui bat les œufs dans un cul de poule. Ce qui est grandiose, c'est qu'ils battent les œufs aux rythmes syncopés de la musique. Cela fait, chlac, chlac, chlac puis boum. Et cela sans s'arrêter. La masse des touristes s'agglutinent autour de moi pour assister au spectacle. Etre là, à regarder cette scène musicale me détend, je pense à ma femme seule à la maison. Et d'un seul coup mes pensées vont vers elle, que fait-elle ? Je regarde ma montre, il est seize heures, c'est l'heure où les enfants se lèvent pour gouter. Et ensuite elle regardera « un dîner presque parfait ».

Quand d'un seul coup, je sens une main qui me presse le bras et une personne qui me parle, il y a tellement de bruit que je ne comprends rien de ce qu'il me dit. Mon instinct me fait réagir brutalement, je lève vivement mon bras. Une voix que je connais, m'apostrophe.

– Holà chef, doucement ce n'est que moi.

– Figurez-vous que j'étais dans mes pensées et j'ai eu un réflexe d'autodéfense. N'oubliez pas que nous sommes en mission et que le danger est partout. Avez-vous eu des informations ?

– Non chef, « que dalle ». Personne n'a rien vu et entendu. C'est à croire que cet écrivain et son tueur étaient seuls sur le Mont.

– Oui et de plus, cette nuit là, il y avait une forte tempête. Bon Philippe, vous avez les clés de la voiture sur vous ?

– Oui je les ai avec moi. Où allons-nous ?

– Allons faire un tour à l'hôtel « le Relais du Roy », peut-être aurons-nous quelque chose à se mettre sous la dent.

Nous sortons du parking et nous roulons tranquillement. J'allume la radio et une chanson que j'aime bien, remplit l'habitacle de la voiture, « Là, où je t'emmènerai de Florent Pagny m'enchante. Nous passons auprès de la digue qui se trouve en plein travaux. Trois kilomètres plus loin nous arrivons dans une zone hôtelière. Nous entrons dans le parking du relais, un rayon de soleil à l'ouest, nous envoie ses derniers dards. A l'est, nous voyons déjà de gros nuages noirs s'avancer, la nuit ne va pas tarder à tomber.

Nous entrons, à l'accueil, un homme nous attend, costume noir, chemise blanche et nœud papillon, Il fait classe le réceptionniste. Je montre ma carte et lui demande s'il peut répondre à quelques questions.

– Attendez commissaire, je vais me faire remplacer.

Il appuie sur une touche du téléphone et parle.

– Germaine, tu peux me remplacer s'il te plait, quoi ? Bon, d'accord.

Quelques secondes après, une femme d'un certain âge arrive, pimpante avec du maquillage à outrance. Elle nous fait un gracieux sourire coloré et rejoint son poste.

– Venez par là, messieurs, nous serons plus tranquilles.

On entre dans un petit salon où il y a deux tables avec de grands fauteuils fleuris. Un serveur arrive et dépose un plateau contenant des jus de fruit et de l'eau. Je me dis que l'accueil est parfait mais pourquoi nous ne sommes que des policiers…

– Oui, j'ai préféré que l'on soit dans un coin réservé car il y a beaucoup de passage ici, et les questions que vous allez me poser demandent sûrement beaucoup de discrétion pour votre enquête.

– Oui vous avez raison, Monsieur…

– Monsieur Luguern lucien.

– Monsieur Luguern, avez-vous connu Monsieur Brisset ?

– Oui, il avait pris une chambre ici, et on avait sympathisé. Il nous a parlé de ses livres et de l'archéologie.

– Il vous a dit pourquoi il venait au Mont.

– Il nous a dit qu'il venait pour étudier des documents du moyen âge qui se trouvait ici.

– Il avait réservé pour combien de jour ?

– Deux nuits, il devait rentrer rapidement sur Paris.

– Pendant son séjour, est-ce qu'il a vu quelqu'un ?

– Non il n'a rien fait de particulier, il a beaucoup lu, on a beaucoup parlé ensemble.

– Il avait une attitude naturelle ?

— Oui, mais je crois que le premier soir, il avait un rendez-vous important car après son diner il regardait souvent sa montre.

— Qu'a-t-il fait après avoir manger ?

— Je vous sers du jus de fruit ?

L'homme était affable, il répondait aux questions sans difficultés. Je compris qu'ici on ne trouvera rien. Je lui fis signe de la tête qu'il pouvait nous servir.

— Après le repas, il est monté dans sa chambre, il était vingt deux heures. Et le concierge m'a dit que Monsieur Brisset à vingt trois heures est parti vers le Mont. Il lui a même dit « à tout à l'heure ». Et il n'est pas rentré de la nuit.

— Le lendemain matin, qu'avez-vous fait ?

— A sept heures, à la prise de mon travail, le concierge est venu me donner son cahier où il notait ce qui s'est passé dans la nuit. Il avait écrit en rouge le « non retour » de l'écrivain. J'ai donc appelé la gendarmerie pour leur signaler la disparition de notre homme. Et dans l'après midi, ils sont venus, ils ont fouillé sa chambre et ramené ses affaires. Il n'avait qu'une petite valise.

— Bien Monsieur Luguern, je vous remercie de toutes ces informations. Et au revoir.

— Au revoir messieurs.

Nous retournons au Mont, la chanson de Camilla-Jordana, « non, non, non » nous explose dans la tête. Je pense d'un seul coup à la gendarmerie, il faut que j'appelle le capitaine Berthouloux, lui dire que je suis sur place. On arrive à l'auberge, il est vingt heures. Déjà me dis-je, que le temps passe vite. On va directement au restaurant, nos regards cherchent l'archéologue. Encore personne. Pourquoi n'est-il pas là ? C'est étrange. Pourvu que ce ne soit pas notre prochaine victime. Ma pensée fut tellement forte que Philippe l'entendit.

— Vous avez peur qu'il soit tué ?

— On ne sait jamais, Philippe, deux morts, pourquoi pas un troisième.

— Mais qu'avons-nous pour étayer tout cela, rien. Pour l'instant, nos enquêtes n'amènent à rien. On est dans le néant nous n'avons que des suppositions.

Philippe a raison, nous n'avons rien pour l'instant, deux jours que nous tournons en rond. Le serveur nous sert, j'en profite pour lui demander si l'archéologue va venir manger.

– Non commissaire, il a téléphoné pour nous dire qu'il ne rentrait pas ce soir et qu'il sera présent au repas du midi.

Là au moins je suis rassuré, il est bien vivant. Je m'aperçois que je me suis pris d'amitié pour cet homme. Pourquoi, je ne sais pas moi-même. Après le diner, nous allons sur la terrasse pour finir la journée avec un café. Je sens Philippe qui a envie de me demander quelque chose, mais il ne sait pas comment faire. J'ai compris ! Il a un rendez-vous galant. Avant qu'il me pose la question, je lui dis qu'il a quartier libre. Tout heureux, il se lève brusquement, il manque de faire tomber la table.

– Attention capitaine, surveillez vos arrières, on ne sait jamais. En ce moment on remue beaucoup de chose, et pas de folie avec votre brunette.

Le capitaine parti, je décide de rejoindre ma chambre. J'appelle Lupita qui doit s'inquiéter de ce que je fais. Après une heure de discussion, je raccroche. Mon bras est tout endolori de la position inconfortable avec le « bigophone ». Puis, je sors mon carnet de notes. Je le relis plusieurs fois mais rien n'en ressort. Je suis au point mort. Fatigué et sans idée pour la poursuite de l'enquête, je décide de me coucher. Dans la nuit, je fais un cauchemar, je vois Moïra à un madrier au dessus de la mer, supportant les grandes vagues qui par moment l'a submergée, elle était transie de froid, mais elle supportait cette souffrance. Le supplice était atroce. La meute de curieux est là, avide de sensation, poussant de hauts cris quand la vague engloutissait Moïra. Les religieux, dans ces années là étaient des tortionnaires. Et je voyais Roman, impuissant, ne pouvant rien faire, sans se mettre lui-même en péril. Je me réveille en sueur, malgré l'humidité de la chambre. Je me lève, je fais quelques pas, je bois un verre d'eau et je me recouche. Une heure après, je m'endors comme un bébé.

12

Céline se réveille, la petite lucarne du toit montre un morceau du ciel, Il est noir. Quelle heure est-il ? Elle n'en sait rien. Depuis combien de temps, est-elle ici ? Elle ne le sait pas non plus. Elle n'a plus la notion du temps. Elle ne voit personne, personne ne lui parle. Elle ouvre en grand ses yeux, se les frottent, pensant mieux voir, mais non, il fait toujours aussi noir. Elle se lève péniblement et se dirige d'une démarche hésitante vers le mur. Par deux fois, elle tombe, ses jambes ne la supportent plus. Mal nourrie, toujours endormie, elle suppose que dans son repas, on lui met du somnifère. Enfin, elle atteint le mur, elle veut toucher cet élément, sentir le réel. Le mur est lisse, mais elle sent comme une épaisseur, comme si elle touchait un matelas. La pièce est capitonnée, se dit-elle. Elle continu d'avancer en se tenant au mur. Elle arrive à un angle. Elle fait une estimation de la distance qu'elle a parcourue, trois mètres, se dit-elle. Elle continue d'avancer à tâtons dans le noir. Elle se cogne contre quelque chose en bois, en voulant se rattraper à l'objet elle s'écroule emportée par son élan sur cet obstacle. Le choc sur son ventre lui coupe la respiration. Elle respire lentement reprenant son souffle. Puis de la main, elle touche l'objet qui l'a fait tomber, c'est une chaise. Tant bien que mal, elle la redresse et elle continue d'avancer. Une faible clarté venant de la lucarne, éclaire faiblement un pan de mur, elle devine plus qu'elle ne voit, c'est une porte. Peut-être un espoir de liberté. Elle s'avance tout doucement, cherche une poignée, mais rien, à part un trou. Elle se baisse pour voir à travers, mais rien, le noir absolu. Le trou est aussi obturé. D'un seul coup, la tête lui tourne, elle se sent partir, elle cherche à s'agripper à quelque chose, mais rien. Et elle s'écroule de tout son long. Et s'endort.

Un peu plus tard, elle ouvre un œil. La pièce est éclairée, le jour s'est levé. Elle se lève légèrement. Un regard aux alentours, elle s'aperçoit qu'elle se trouve dans un lit. Au milieu de la pièce, elle voit une chaise avec un plateau. Pendant que Céline dormait, ils l'ont couché et servi un repas. Elle n'a rien entendu et rien vu. Elle se lève, mais la tête lui tourne, elle se force à aller voir ce qu'il y a dessus.

Elle voit un bol de café au lait des biscottes garnies de confiture et un gobelet de jus de fruit. Avidement, elle se lance sur ce copieux déjeuner, qu'elle avale avec une rapidité déconcertante. Céline réfléchit, que fait-elle ici, enfermée ? La dernière chose qu'elle se rappelle, c'est son appartement à Mennecy, elle avait invité un couple d'ami à un petit repas. Mais après, au moment de se dire au revoir, plus rien. Le trou noir, le néant. Où suis-je ? En regardant la chaise, elle a une idée. Elle pousse au dessous de la lucarne et monte péniblement dessus. La chaise tremble, ses jambes flageolent, mais elle tient et réussit à se mettre debout. Mais c'est quoi ça, mais…Mais…On dirait… Et d'un seul coup, la chaise chavire et elle tombe de tout son poids. Par chance, elle atterrit sur son matelas. Elle s'assoit et revoit en image ce qu'elle a vu à la lucarne. Il me semble avoir vu les aiguilles d'une cathédrale, une basilique, non une Abbaye. Mais oui c'est ça, c'est « la merveille ». Elle est effarée de sa découverte. Et elle se met à parler tout haut comme si elle voulait le dire au monde entier. Mais qui va l'écouter, personne. Elle se trouve seule dans cette pièce. Mais malgré tout, elle se met à hurler.

– Je suis au Mont-st-Michel…Mais pourquoi ?....

Mais bien sûr, son cri se répercute sur les murs capitonnés et s'étouffe naturellement. Elle se lève brusquement, la colère lui prend la tête. Elle se dirige vers la chaise, prend le bol et le lance vers la lucarne. Mais l'objet n'atteint pas la lucarne, au contraire il semble voleté avant de tomber silencieusement au sol. Elle regarde le reste de la vaisselle tout est en jetable. Elle prend la chaise et la balance contre la porte. Elle rebondit dans un léger bruit étouffé et tombe parterre. Céline à l'instant se sent faiblir. Les salauds, pense-t-elle, ils m'ont droguée. Ses pensées sont difformes, elle se sent partir, et d'un seul coup plus rien, elle s'écroule sur la paillasse.

Quelques temps après elle se réveille, vasouillarde, le cerveau embrumé. Dans cet instant de clarté, elle réfléchit. Comment les choses se sont passées. Elle pensa d'un seul coup à ses amis. Se sont eux qui ont du me droguer. Lui un collègue de travail ? Pourquoi a-t-il fait ça ? Et mon père où est-il ? Que fait-il ? Et les manuscrits ? Céline se rappelle les avoir déposés dans sa chambre près de son ordinateur. Elle devait les donner le lendemain à son chef. Où sont-ils maintenant ?

Il faut que je pense à ma survie, il faut que je me situe dans le temps. Ils ont dû m'endormir pour deux ou trois jours, le temps de m'amener ici. Comment écrire les jours au mur ? Pas de crayon, pas de papier ? Elle cherche, mais ne trouve rien. La chaise, mais oui la chaise. Elle la tourne dans tous les sens, cherchant quelque chose. Quand elle pousse un petit cri, elle voit une perle de sang venir au bout de son doigt. Elle avait trouvé, une écharde, un bout de bois de la chaise. Elle s'approcha du mur, et avec son sang, elle fit trois traits puis un quatrième. Quatre jours que je suis là, se dit-elle. Puis la drogue mêlée à la faiblesse eut raison de ses forces. Et elle repartit dans le pays des songes.

La journée passe ainsi, un moment réveillée, un moment endormie. Et c'est toujours quand elle est endormie qu'on lui amène à manger. A travers la lucarne, elle aperçoit le ciel, il est bleu, avec un timide soleil qui éclaire la pièce. Elle en profite pour regarder un peu mieux où elle se trouve. Son lit est un vieux matelas avec une couverture, et pour tout mobilier, il n'y a que deux chaises. Dans le fond de la pièce, elle voit comme un petit réduit. Elle se lève pour voir ce que c'est. A l'intérieur il y a un w.c sans battant et un évier en coin, au dessus se trouve une étagère rempli de rouleaux de papier. Un petit miroir attire son regard, machinalement elle se regarde. Oh là là, quelle horreur, la tête que j'aie !... Elle se voit pâle, une peau couleur de la craie, les yeux enfoncés dans leurs orbites, avec de larges cernes bleutées autour. Où est la jeune fille, gaie, pétillante, quelle était, il y a quelques jours. Céline se regarde encore une fois, comme si elle voulait retenir dans sa mémoire défaillante son visage rongé par la fatigue. Ses cheveux noirs, coupés courts à la garçonne ressort étrangement sur cette figure juvénile. Elle a encore les vêtements du jour qu'elle a reçu ses amis chez elle. Enfin, amis c'est beaucoup dire. Un pull-over bleu marine pardessus son polo bleu ciel lui fait ressortir sa petite poitrine bien seyante, son jean délavé qu'elle adore est froissé par les heures allongées à dormir. Au pied, elle a ses pataugas. En voyant ces sanitaires primaires, une envie pressante la prend. Elle se tourne, cherchant une hypothétique porte, mais elle ne trouve qu'un rideau. Elle le tire et fait un besoin naturel. Elle retourne vers sa couche et s'allonge, tout tourne dans sa tête. Une fois le tournis disparu, elle réfléchit. Ils viennent toujours quand je suis endormie, comment le savent-ils ? Il n'y a pas de fenêtre, pas d'ouverture nulle part. Une caméra ! Oui c'est ça, quelque part dans cette mansarde, il doit y avoir une caméra. Mais où ça ? Céline regarde partout, mais ne voit rien. C'est vrai, qu'il existe des caméras grosses comme une tête d'épingle. Elle se leva et péniblement se mit au milieu de la pièce. Et cria.

– Bande d'enfoirés, vous êtes là à m'espionner ! Pourquoi ? Bande de connard ! Que me voulez-vous ? Et mon père, où est-il ? Je veux le voir ?

Puis les effets de la drogue commencent à agir, elle sent ses jambes la lâcher, elle a juste le temps d'arriver près du matelas et s'écroule.

Elle se réveille d'un seul coup, la pièce est dans le noir. Elle regarde la lucarne, elle ne voit qu'une nuit noire. J'ai dormi toute la nuit, se dit-elle. Ils doivent doser la drogue. Ils me conditionnent suivant leur besoin et aussi pour me déstabiliser. Ils ne veulent pas que je contrôle le temps. Que je n'ai pas d'orientation. Je regarde la chaise, le plateau est bien là. Je me lève et d'un coup de main, je le balance. Je ne veux plus être droguée. En ayant des réactions contraires à leurs vœux, peut-être que je les ferai bouger. Qu'ils vont se découvrir. D'un seul coup, elle s'écroule. La drogue a encore eu raison d'elle.

Une heure plus tard, elle se réveille, la pièce a été nettoyée et sur la chaise elle voit un nouveau plateau. Elle se lève, la faim est plus forte que tout. Mais au moment de prendre sa première biscotte, sa main reste en suspens. Auprès du bol, elle voit un petit mot tapé à la machine. Elle le prend vivement, puis se rapproche de la lucarne pour mieux voir.

« Respecter nos décisions sans faire de problèmes, sinon c'est la vie de votre père qu'il en coûtera. Et vous pourriez avoir vous aussi des petits désagréments. Alors attention. »

Céline déchira le papier en petits morceaux, balança le tout à travers la pièce et elle se mit à crier.

– Où est mon père ? Je veux le voir. Que voulez-vous de moi ?

Toujours pas de réponse, le silence absolu, elle est seule au monde. Elle déjeune tranquillement, ses pensées sont vagues, l'envie de réfléchir la quitte. C'est le cinquième jour que je suis ici et personne ne vient me voir. Pourquoi ? Je suis mise en isolement, le temps qu'il monnaye le manuscrit. Oui, ça doit être cela. S'il voulait sa mort, il y longtemps que cela serait fait. Elle pense à son marquage du cinquième jour. Sous son matelas, elle récupère son écharde et se pique le bout de son doigt. Une perle de sang gicle, d'un mouvement elle marque au mur le cinquième trait. Puis épuisée, elle retourne se coucher et s'endort comme une marmotte.

13

6 h 30, l'heure qui s'affiche sur l'écran de mon réveil de voyage, éclaire le mur d'une couleur bleutée. Je me frotte les yeux et m'étire de tout mon long faisant craquer les jointures de mes mains. Je me lève en baillant, trainant les pieds jusqu'à la fenêtre. J'admire les reflets de la lune sur le faîte des vagues, tout au loin, Tombelaine, toujours aussi noire, gardant ses secrets ancestraux dans le granit. Puis à la fenêtre de droite, je vois les lumières d'Avranches. Que de choses se sont passées entre le Mont, Tombelaine et Avranches. Et toutes ces pierres graniteuses venaient des îles de Chausey, des milliers de secrets, d'aventures et de folies. Puis j'allais prendre une bonne douche chaude. L'eau est brulante, elle coule sur mon corps, me réchauffant chaque muscle, cela me ragaillardit. Ce moment est jouissif. Je pense à ma femme, qui doit se languir de ma présence. Je suis même sûr que sa main doit me chercher parmi les draps. Je m'habille rapidement, je mets un jean garni de son ceinturon mexicain, une chemise à carreau et un gros pull pardessus.

Sept heures quinze minutes, Je m'assois à mon bureau et je relis mes notes, rajoutant quelques mots, quelques phrases. Je ne trouve rien qui m'oriente. Mais pourtant je suis sûr qu'il y a quelque chose ici au Mont. Mais quoi ? Je butte sur ce fait. Comme si là, dans mes notes, la situation est flagrante. Tellement visible que je ne la vois pas. Le Mont c'est quand même un site rempli de mystère. Ici l'imaginaire et le réel se mélangent.

Sept heures trente, je frappe à la porte du capitaine et nous descendons déjeuner. En passant je prends l'Ouest-France afin de voir ce que l'on raconte en Bretagne. Le déjeuner terminé, j'étale le journal, cherchant le sensationnel. Mais là aussi, je déchante, rien qui m'intéresse, pas un mot sur les meurtres. Soudain en levant les yeux, j'aperçois notre archéologue. Il est enfin de retour, malgré moi, je me trouve rassuré, cet homme à marqué mon esprit. Pourquoi ? Il y a une relation avec notre enquête. Quoi ? Je ne sais pas mon intuition, mon sixième sens. Je me dis que c'est le moment d'avoir une discussion avec lui, je donne le journal à Philippe et je me dirige vers sa table.

– Bonjour monsieur, puis-je m'assoir ?

– Bien sûr, inspecteur.

– Commissaire divisionnaire Jérémy Roncher, vous vous appelez comment ?

– Germain Rocher, archéologue, spécialiste du médiéval au service Archéologique du Ministère de la culture, enchanté de vous connaitre.

L'archéologue me tendit une poignée de main chaleureuse, il avait la mine réjouie, s'il n'est pas du côté des tueurs, je crois que l'on s'entendra bien. Il est jovial cet homme là, me dis-je.

– Enchanté, Mr Rocher.

– Germain s'il vous plait, le « vous » fait pompeux.

– Bien Germain, mon adjoint et moi-même, avons remarqué que vous nous surveillez. Donc je me pose la question, pourquoi ?

– Pas du tout, je ne vous surveille pas, simplement dans la masse des gens qui arrivent chaque jour ici, vous ne faites pas touristes. Je suis curieux voilà tout.

– Vous êtes au courant du meurtre qu'il y a eu sur le Mont ?

– Oui, les journaux en ont beaucoup parlé et…

Germain s'arrêta net, il allait trop vite en besogne, il ne faut pas que je me découvre trop tôt, se dit-il. Ils ne doivent pas connaitre ma mission pour l'instant.

– Et quoi ? Vous savez quelque chose ?

Germain se rattrapa rapidement et répondit.

– Et bien, quand j'ai vu le nom du mort dans le journal, cela m'a fait tilt.

– Pourquoi, vous le connaissez ?

– De nom oui, mais c'est sa fille que je connaissais le mieux. J'ai travaillé avec elle sur un chantier en Essonne. Cécile, c'est une fille charmante.

Mes oreilles s'ouvrirent toutes grandes et mon esprit se mit à ronronner. Peut-être qu'il va m'annoncer quelque chose qui va relancer l'enquête. Je me tourne vers mon adjoint et lui demande de me rejoindre.

– Je vous présente le capitaine Tumart. Bon Germain, parlez moi de Mademoiselle Brisset, vous m'intéressez. Que savez-vous sur elle ?

– Et bien voilà commissaire, tout ce qu'on dit sur elle est faux. Moi, je l'a connais bien. Ce n'est pas dans sa logique de disparaitre comme ça dans la nature.

– Elle est peut-être partie avec un amoureux.

– Non, elle avait un petit copain qu'elle ne voyait qu'occasionnellement. Mais ce qui me choque le plus, c'est de l'accuser du vol d'un document qu'elle a découvert. La connaissant, elle devait être fière de donner son manuscrit à son chef.

– Mais parfois, l'appât du gain transforme n'importe qui en voleur.

– Non je vous le dis, pas elle.

– Mais alors, où est-elle ? Et où est le manuscrit ?

– Pour moi, elle a été séquestrée dans l'attente de la vente du parchemin.

– Ca ne se vend pas ce genre de chose, c'est un patrimoine qui se garde. C'est pour les musées.

– Détrompez-vous, si vous saviez le nombre d'objet de valeur qui disparaisse de nos stocks, vous seriez étonné.

– Mais qui peut faire cela ? Cela intéresse qui ?

– Des collectionneurs milliardaires. Commissaire.

Jérémy commence à comprendre que la chose invisible dans ses notes, qui le bloque, c'est tout simplement cette jeune fille. Est-ce que ces meurtres et cette jeune fille sont liés. Je crois que oui. Cela veut dire aussi qu'elle est en danger. Enfin j'espère qu'elle est encore vivante.

– Germain, où se trouve cette jeune fille maintenant ? Vous devez le savoir, vous la connaissez bien.

– Non commissaire, je ne sais pas où elle se trouve. Mais j'ai comme un pressentiment qu'elle se trouve au Mont. Où, je ne sais pas. Des caches, il doit y en avoir ici. Rappelez-vous qu'a une époque, le Mont était une prison royale.

Jérémy se rappela de ce que lui avait dit avoir vu la villageoise aux jumelles. Cet homme qui discutait avec Machin, le soir du meurtre. Cet homme doit-être l'instigateur de cette affaire. Il faut qu'on le trouve.

– Bien Germain, les informations que vous nous avez données, vont nous servir dans notre enquête. Je vous remercie et n'hésitez pas, si vous avez d'autres renseignements, à nous en parler.

Je quittais Germain, j'étais content, ces informations étaient importantes pour la suite de notre enquête. Je me dirigeais vers le patio, puis on se rendit sur les remparts. Accoudés sur ces pierres ancestrales, je réfléchissais. Le capitaine essayait de lire le journal, mais le vent l'en empêchait, fatigué de toujours vouloir le redresser, il le plia et le mit dans sa poche arrière de son jean. Puis il s'appuya sur le mur. Tous les deux regardaient quelques touristes accompagnés de leur guide, pour une promenade sur ce sable gris. Leurs pensées étaient très loin, ils cherchaient dans les méandres de l'archéologie, dans l'histoire de ces pierres et dans les mystères du Mont ce qui pourrait les amener à résoudre cette enquête. Où est séquestrée cette jeune fille ?

– Germain a raison, capitaine, cette jeune fille se trouve ici au Mont, prisonnière de quelqu'un qui convoite ce manuscrit. Cet homme qui a été aperçu par cette villageoise aux jumelles, c'est surement le chef de cette organisation. Maintenant, il faut qu'on retrouve cette jeune fille. Cherchons où elle pourrait être caché.

– Cela ne va pas être facile de trouver ça ici, autant chercher une aiguille dans une botte de foin.

Et le capitaine se retourne vers les bâtiments qui se trouvent face à eux et de son bras il fait un arc de cercle.

– Regardez chef, toutes ces maisons, ces commerces, ces cryptes et je ne sais quoi encore. Et sous ces remparts, c'était une prison ici avant. Comment allons-nous faire ?

– Il faut trouver quelqu'un qui connait bien le Mont. Ah ! Mais j'y pense la petite brunette, elle habite le Mont, capitaine. Elle doit bien le connaître ce fameux Mont et ces secrets.

– Vous avez raison commissaire, je n'y avais pas pensé. Je vais m'en occuper.

– Pendant ce temps-là, je vais aller faire un tour à Avranches, voir nos amis les gendarmes. Aller, on se voit à treize heures.

Je retourne à ma chambre pour prendre le dossier et mes notes. Je téléphone au capitaine Berthouloux pour lui dire que je venais le voir. Je prends un imper au cas où il flotterait et je me dirige vers la voiture, laissant Philippe au Mont. Le lascar va sûrement en profiter pour accentuer ses charmes sur cette

Montoise, cette petite brunette comme je l'appelle. Je règle mon GPS sur la gendarmerie d'Avranches et en route. Trente kilomètres à faire ce n'est rien, une demi-heure au plus.

Dix heures, j'arrive à la gendarmerie, le style d'architecture détone dans l'environnement. Encore un architecte qui s'est fait plaisir. L'accueil du capitaine est enthousiaste. Il m'amène à son bureau, spacieux lui aussi, même l'intérieur est chic. On commence à parler de vélo et c'est avec passion qu'il en discute. Comme moi, étant plus jeune, il a fait de la compétition en FFC et quand il a le temps, il roule une soixantaine de kilomètres le dimanche. Puis comme par enchantement, on se met à parler de l'enquête.

– Capitaine depuis que…

Le capitaine ne me laisse pas finir ma phrase me coupant dans ma question.

– Je vous arrête là commissaire, si vous le permettez, laissons tomber les superlatifs et appelons-nous par nos prénoms et on se tutoie. Moi « c'est Marcel » et toi « c'est Jérémy ».

– D'accord Marcel, alors depuis notre dernière entrevue téléphonique, as tu évolué dans ton enquête ?

– Non, nous sommes toujours au point mort, à part ce que j'ai noté dans mon rapport, je n'ai plus rien. Et puis, nous avons d'autres affaires en cours aussi. J'ai mis un homme sur l'enquête, mais il revient à chaque fois bredouille. Et maintenant il traine la patte car il dit qu'il est improductif. Il aimerait aider plutôt ses collègues.

– Vous pouvez, pardon tu peux lui dire d'arrêter maintenant avec mon adjoint nous continuons à chercher.

– D'accord Jérémy, je vais lui dire, il va être heureux. C'est vrai que pour nous ça s'enlisait.

– Par contre moi, jusqu'à présent je n'avançais pas non plus. Mais deux faits nouveaux m'ont conforté dans ce que je présageais.

– Ah ! Tu as des faits nouveaux ? C'est quoi ?

– Le jour du crime, Mr Machin avait rendez-vous avec l'écrivain et un autre rendez-vous avec une autre personne. Ils ont été vus vers minuit par une villageoise du Mont. D'après elle, ils avaient l'air de s'expliquer durement. Cela se passait à Notre Dame sous Terre.

– D'accord Jérémy, ce qui veut dire qu'en plus de ce que l'on connait du dossier, il y aurait un autre homme. Un inconnu, et il est comment ? Elle t'a fait une description, la villageoise ?

– Pas grand-chose, d'après ce qu'elle a vu de sa fenêtre, il serait grand et maigre. C'est léger, mais il faut faire avec. Pour moi ce serait l'organisateur du vol du parchemin et des crimes.

– Et la deuxième chose, Jérémy c'est quoi ?

– Tu a vu dans le dossier que l'écrivain parlait de sa fille qui aurait soit disant volé le parchemin. Et que suite à des recherches, la police pense qu'elle aurait fait une fugue.

– Oui, je me rappelle, c'était écrit dans la lettre qui t'était adressée.

– Eh bien figure toi, et là le hasard fait bien les choses, mon adjoint et moi, avons remarqué un homme qui ne faisait que nous regarder au restaurant. Là, ce matin, j'ai voulu en avoir le cœur net et je lui ai demandé pourquoi il nous surveillait.

– Et que t'a-t-il dit ?

– Il avait remarqué qu'on était des flics.

– Ca c'est vrai que vous ne ressemblez pas à des touristes. Cela a été facile pour lui de vous repérer. Mais attention Jérémy, cela veut dire que d'autres ont dû faire la même remarque.

– Oui, il faut que l'on fasse attention à nous. Alors pour finir, notre homme c'est un archéologue en mission au Mont. Et il connait la fille de l'écrivain, ils ont travaillé ensemble. Et d'après lui, tout ce que l'on dit sur elle est faux. Pour lui, elle a été kidnappée et elle se trouverait au Mont. Et le parchemin, ce sont eux qui les détiendraient pour les vendre à des milliardaires collectionneurs. Et moi j'y crois aussi à cette histoire.

– Fais attention Jérémy, cela fait quand même beaucoup de coïncidence. Vous êtes dans le même hôtel, il connait l'écrivain et sa fille et il est archéologue. Cela fait beaucoup quand même, tu ne crois pas. Est-ce un hasard qu'il soit dans ton hôtel ?

– Oui c'est vrai, mais je suis quand même sur mes gardes. Bon pour l'instant, je concentre mes recherches sur cet homme et sur la jeune fille. Si elle est séquestrée au Mont, il faut que l'on trouve où. Et le Mont, bien que ce soit une île est immense.

– Eh bien Jérémy, je te souhaite bonne chance, et si j'apprends des choses, je t'en informe. D'ailleurs, ce soir j'ai mon briefing habituel et je vais en parler aux hommes.

14

Céline se réveille soudainement, un bruit la fait sortir de sa léthargie. C'est quoi ? Elle s'appuie sur un coude, elle sent comme une présence. Elle regarde vers la porte, elle se ferme tout doucement, sans bruit, sans grincement. D'instinct, elle se lève et s'élance vers la porte. Trop tard. Alors, elle se met à crier en tapant sur la porte. Ses poings sont assourdis, aucun bruit n'en sort, les sons sont amortis. Même dans cette nuit opaque les bruits sont intensifiés, là rien. C'est un silence mortuaire. Céline est ébranlé, sa force de caractère se fissure, elle n'en peut plus. Et elle craque. Elle sent comme une grosse vague qui lui vient du ventre, comme un tsunami qui lui monte à la tête, qui la submerge. Elle, la femme forte, la garçonne ne se retient plus, et un flot de larmes se déverse sur son visage. Et dans ses beaux yeux verts, il pleut. Son corps est parsemé de soubresauts, sa généreuse petite poitrine sursaute la rendant séduisante. La jeune femme devient une petite fille.

Elle se revoit avec son père visitant des lieux culturels. Là, où se mêlent, l'histoire et la réalité. Son père était écrivain et sa passion c'était l'architecture à l'époque médiévale. Il l'avait emmenée plusieurs fois au Mont-st-Michel, l'Abbaye, la merveille. Elle se rappelle les fouilles de Cluny III, en creusant, elle avait trouvé des morceaux de frise et de corniche du mausolée. Et mon père où est-il en ce moment, alors que j'ai besoin de lui. Et Gilles que fait-il ? Ce copain, elle l'avait rencontré sur les fouilles de Lisses. Mais bof, je ne compte pas sur lui. Lui c'est juste pour le plaisir. Par contre il l'énervait avec sa nonchalance, son manque de responsabilité.

La crise de nerf étant passée, elle se sentait un peu mieux. A la lucarne, un timide rayon de soleil pénétrait donnant un peu de chaleur dans cette senteur humide. Céline se lève et se dirige vers les chaises. Son petit déjeuner est servi. Pourquoi me soigne t-il ainsi ? Les somnifères, la bonne nourriture, pas de sévices, on veut la garder en bonne santé, on ne veut pas la tuer. Pourquoi ? La faim l'arrête dans ses élucubrations. La douce odeur du café ouvre ses papilles. Elle s'assoit et déjeune copieusement, le plateau est vide. Elle a dévorée toutes les biscottes, avalé la confiture, puis lentement, elle a bu son café le dégustant avec plaisir. Le liquide crémeux descendant dans sa gorge lui fit un grand bien. C'est en posant ce léger bol jetable qu'elle s'aperçut d'une feuille dactylographiée. Elle s'empressa vivement de la lire dans le silence feutré de la pièce. Puis, elle se lève et s'assoit sur son matelas. Et elle relit son message mais cette fois-ci à haute voix.

« Je vois que tu es raisonnable, c'est bien. A partir d'aujourd'hui, nous allons adoucir tes journées de vacances. Les repas seront améliorés, la lumière sera allumée de huit heures à vingt et une heures. Et beaucoup d'heures de sommeil… Ton père va très bien, il pense que tu as fait une fugue avec un copain. Tu seras libérée dès que j'aurais fini mon affaire. Jamais tu ne pourras me dénoncer, tu ne me connais pas, tu ne m'as jamais vu. Et les témoins de mes actions ont tous disparu, ou vont disparaître.
Voilà, maintenant dors bien. »

Céline délaissa son courrier qui glissa sur sa paillasse. Elle n'avait pas remarqué que la lumière était allumée tellement concentrée à lire sa missive. Elle voulut réfléchir, mais la drogue commença à faire son effet et elle s'endormit la tête appuyée contre le mur. A peine était-t-elle dans le pays des songes qu'un homme entra pour prendre le plateau et déposer des livres et des journaux sur la chaise. Il était grand et mince, son visage était caché par un passe-montagne. On voyait à peine ses yeux. Il regarda Céline et s'approcha d'elle. Il se baissa pour mieux l'allonger et la couvrit avec la couverture puis il disparu. La pièce redevint silencieuse, on entendait que la respiration calme de Céline. Elle dormait comme un bébé. La lumière s'éteignit, la laissant dans le noir.

Naturellement, elle se réveilla. La pièce était éclairée sur une chaise une épaisse vapeur s'élevait dans l'air laissant une douce odeur, ses glandes olfactives éveillèrent son appétit. Elle se leva et admira le plateau. Sur une petite assiette, il y avait une pizza ronde, la grande contenait une escalope à la crème garni de champignons accompagnée d'une purée. Comme dessert, il y avait un yaourt et une pomme. L'eau lui venait à la bouche, elle déglutissait à tout va. N'y tenant plus, elle se lança sur sa pizza, puis le reste suivit rapidement. Au diable la drogue, elle avait trop faim, puis que faire à part dormir. Ce sommeil forcé l'affligeait. Elle cherchait toujours la caméra qui la surveillait quand elle vit le plafonnier. C'était une sorte de boule opaque qui diffusait la lumière et Cécile se dit que la caméra se trouvait là. Parterre, elle vit les magazines et les journaux. Elle prit le journal et éplucha toutes les pages, elle ne trouva rien qui parle d'elle ou de son père. Depuis le temps qu'elle a disparu, des infos ont dû passer dans la presse. Mais là rien. A moins que...Mais oui c'est cela...Ils censurent même ma lecture. Mon isolement doit-être complet. J'aimerais savoir ce qu'est devenu le manuscrit, normalement je devais le remettre à mon chef, afin de l'étudier avant de l'envoyer à Avranches. Si se sont eux qui l'ont, ils doivent chercher à le vendre. Ce genre de document n'a pas de prix. Elle regarda les magasines, « Femme Actuelle, Voici, Télérama ». Me voilà avec de bonnes lectures. Cela faisait une demi-heure qu'elle avait fini de manger et ne sentait pas les effets de la drogue. Ils n'ont pas mit de somnifère cette fois-ci. Ils maîtrisent quand même mon emploi du temps.

Mais qui sont ces gens, comment peut-on séquestrer une personne comme cela, priver un être humain de liberté, jusqu'à contrôler son cerveau, ses pensées. C'est inhumain ! Me lever, il faut que je bouge, me dégourdir les jambes, occuper mes pensées néfastes. Je marche de long en large, voyant le réduit de toilette, je m'arrête pour faire un besoin naturel. Assis sur le trône, je regarde la lucarne, elle est trop petite, je ne pourrais pas me sauver par là. Un doute me vient à l'esprit, me surveillent t-ils quand je suis au toilette. Je regarde le rideau tiré, je cherche la petite boule, je ne la vois pas. Ouf, j'ai quand même un coin de liberté, un coin à moi. Je rejoins ma chambre, enfin si on peut appeler cela « ma chambre », plutôt une prison. Et en plus dans un endroit mythique, le Mont-st-Michel, lieu de recherche archéologique, la cité médiévale, ma passion. C'est un comble cela. En passant devant le mur où mon calendrier prend forme, je me rappelle que je dois marquer mon sixième jour d'internement, je fouille sous le matelas et je sors mon écharde et hop une trace de sang supplémentaire. Je reste là à regarder ces bâtons tracés de mon sang. Combien de fois, vais-je le faire ? Est-ce que je vais sortir vivante d'ici ? Je me retourne et je regarde la lumière. Je m'adresse à la caméra cachée.

— Où est mon père, je veux le voir. Laissez-moi sortir de ce trou à rat, j'en ai marre.

Pas de réponse, le silence total et le noir aussi. Ils viennent d'éteindre la lumière. La punition parce que j'ai parlé trop fort. Ils jouent avec mes nerfs. Quelle heure est-il ? Deux heures, trois heures ? D'un seul coup, je sens mes forces me quitter, je m'allonge, et je m'endors vite fait.

15

Jérémy roule déjà depuis dix minutes, la conduite de sa C5 est facile. De grandes lignes droites avancent sous les roues de la voiture. Au loin, le Mont majestueux se profile à l'horizon, St Michel ses ailes déployées, lançant son épée vers les cieux. Jérémy le regard porté vers cet emblème, ses pensées dans le vague, ne fait pas attention à ce qui se passe autour de lui. Il ne s'occupe pas des autres automobilistes, il roule tranquillement sur cette asphalte noir. Il ne voit pas un véhicule qui le suit depuis Avranches. Il se rapproche de plus en plus de sa voiture. Arrivé à sa hauteur, l'homme fait une embardée, le choc de l'arrière de sa voiture tape sur l'avant de la C5, Jérémy, donne un coup de volant sur la droite, la voiture quitte la route pour atterrir dans le fossé. A l'intérieur, il est malmené par les soubresauts de la voiture, sa tête heurte le battant de sa portière. Il sent une douleur, mais ne s'en occupe pas, trop occupé à vouloir maîtriser son véhicule. Quelques mètres plus loin, le véhicule s'immobilise. Jérémy jette vite fait un regard vers le véhicule tamponneur qui prend la fuite. Il a juste le temps de voir l'arrière avant qu'elle ne disparaisse de sa vue. Sa voiture est couchée dans le fossé, sa ceinture le retient coincé sur son siège, il ne peut rien faire pour se dégager de là, son poids appuie sur la ceinture. Une voiture s'arrête auprès de la sienne. Un homme en sort et lui fait signe de baisser sa vitre de portière. Machinalement, Jérémy s'exécute. Sa tête lui fait mal, il y passe sa main, il la regarde, elle est pleine de sang.

    – Bonjour Monsieur, eh bien il ne vous a pas loupé. Comment ça va ?

    – Pas trop mal, le problème c'est que vu la position du véhicule, je ne peux pas sortir, la ceinture me bloque au siège et si je l'enlève, je vais me retrouver contre la portière côté passager.

    – Attendez, je vais vous aider. J'ouvre la portière et je vous tiens pendant que vous enlevez la ceinture.

Jérémy regarde l'homme providentiel comme s'il doutait de sa capacité à le sortir de là. Quand il vit sa corpulence, il sut que c'était gagné. L'homme devait mesurer un mètre quatre vingt pour cent kilos, un colosse. Il essaya de l'ouvrir, mais impossible.

Jérémy pensa à la sécurité, il appuya sur un bouton et la porte s'ouvrit. Il prit Jérémy par le bassin et lui dit de déboucler la ceinture. Le relâchement se fit sentir et le colosse sortit Jérémy de la voiture comme un fétu de paille.

— Merci Monsieur, dit Jérémy. Sans vous je ne sais pas comment j'aurais fait pour sortir.

— Il aurait fallu appeler les pompiers. Je m'appelle Joseph Bertin, courtier d'assurances.

— Jérémy Roncher, commissaire divisionnaire de la police criminelle d'Evry en Essonne. Ah ! Au fait en parlant de téléphone, il faut que j'appelle la gendarmerie pour qu'il me sorte de là.

— Allo, Marcel, c'est moi, Jérémy. Non... Je ne suis pas encore arrivé... Comment... J'ai un problème, une voiture m'a mis dans les décors. La voiture est couchée dans le fossé. Je suis à environ quinze kilomètres du Mont. Bon d'accord, je vous attends.

Une fois raccroché, je me dirige vers mon colosse qui m'attend dans sa voiture.

— Commissaire, Vous ne seriez pas chargé de l'enquête sur le crime du Mont ?

— Oui c'est ça, pauvre homme, il l'on tué froidement. Je ne vais pas vous retenir plus longtemps, la gendarmerie va arriver.

— Vous savez, j'assure plusieurs commerçants du Mont et cette tuerie a bouleversé tout le monde. Il m'en parle à chaque fois que je vais les voir, même le maire qui est un de mes clients m'en a touché deux mots. Vous vous rendez compte, un crime au Mont, il n'avait jamais vu ça.

— Ils connaissaient le mort ?

— Non, ils ont lu dans la presse que c'était un écrivain. Ce qui les a le plus marqué, c'est la disparition de sa fille. Ils la connaissent bien, car elle est venue faire des fouilles au Mont.

— Ah, ils la connaissent.

— Oui, ils disaient tous que c'était une fille agréable, joviale et amuseuse. Elle ne se prenait pas au sérieux. Ils ont peur qu'elle soit morte elle aussi.

— Monsieur Berton, je ne vous retiens pas plus, j'entends le bruit des sirènes de la gendarmerie. Au revoir et merci. Ah, j'oubliais, avez-vous vu la voiture qui m'a tamponné ?

– J'ai vu qu'elle était de couleur grise et que ce n'était pas une petite voiture. Mais c'est tout, je me trouvais trop loin pour voir sa marque. Au revoir, commissaire si cela se trouve on se verra au Mont.

– Pas de problème, je me trouve à l'auberge Saint Pierre, si vous avez un renseignement à me donner, vous pouvez m'appeler.

Une voiture bleue, le gyrophare tricolore et la sirène allumée s'arrête près de moi. Le capitaine en sort et donne des ordres à ses collègues. La zone est protégée. Les flashes crépitent. L'endroit est devenu une scène de crime, une attaque contre un officier de police ne pardonne pas. Un camion grue arrive et en quelques instants, la voiture est dégagée du fossé. Le camion chargé de son fardeau se dirige vers Avranches. Me voilà sans véhicule, le capitaine voit que je m'inquiète et vient vers moi. Un gendarme s'approche de moi et ouvre sa boite à pharmacie, après avoir désinfecté ma plaie, il me posa un sparadrap par-dessus.

– Bon, ton véhicule va à la gendarmerie, on va faire des recherches sur les traces laissées par l'autre véhicule. Tu as vu celui qui a fait ça, Jérémy ? L'homme qui te parlait n'est-il pas l'assureur Berton ?

– Oui, c'est lui qui m'a sorti de la voiture, il est costaud. Non je n'ai pas eu le temps de voir cette voiture.

– Tu vois Jérémy, je te l'avais dit, fais attention. Tu as mis le doigt sur quelque chose d'important. Bon maintenant, je te ramène au Mont.

Le capitaine retourna voir ses gars, il leur dit quelque mot et ils partirent tous vers Avranches. Je regardais le fossé qui avait des traces de l'impact du véhicule sur cent mètres, toute l'herbe était labourée. « J'ai eu chaud, » me dis-je, « j'aurais roulé plus vite, un tonneau et hop… Et puis ce pont de pierre un peu plus loin… » N'y pensons pas. Et Marcel me fit signe de monter dans sa voiture.

– Ce Berton c'est un gars sérieux, on le connait bien, il a un gros portefeuille. (Assurances, crédit, immobilier), aimable, jovial, mais dur en affaire. Politiquement il serait du côté des centristes, enfin… C'est ce qui se dit.

– Il est costaud, il m'a retiré de la voiture sans problème.

– C'est normal, tous les samedis, il fait de la musculation à Avranches. Alors tu n'as rien vu de la voiture ?

– Il me semble que j'ai aperçu le numéro 35. L'assureur me dit que la voiture était une grosse cylindrée et qu'elle était grise.

— Il t'a quand même délibérément mis dans le fossé, tu vois qui aurait pu te faire ça.

— Non, pas pour l'instant. Je dois approcher de quelque chose. Ah, au fait, il quelle heure est-il ? 13 h 30. Oh là là, il faut que j'appelle mon adjoint, il doit s'inquiéter.

— Allo, Philippe. Ne te fais pas de souci j'ai eu un accident de voiture. Quoi ?...Non, non, je n'ai rien. Le capitaine Berthouloux me ramène au Mont. Tu réserves la table au restaurant, dans environ dix minutes je serai là.

— Jérémy, trois places, je vais manger avec vous.

— Philippe, trois places, le capitaine mange avec nous.

Je raccrochais, le capitaine étant devenu silencieux, je me mis à réfléchir. L'accident, est-ce un avertissement, ou est-ce une tentative de meurtre ? Mais qui ? Ce soir, au calme dans ma chambre, il faut que je trouve, d'où vient cette attaque. On doit approcher de quelque chose. On gêne. Je n'ai même pas remarqué que nous étions arrivés. Je suis quand même choqué. Cet accident m'a laissé des traces. J'entends le capitaine qui me parle, je suis obligé de le faire répéter.

— Alors Jérémy, cela ne va pas, va falloir prendre un réconfortant. Vous êtes en état de choc.

— Oui, Marcel. J'ai une faim de loup. Après un bon repas cela ira mieux.

Le capitaine Tumart nous attend de pied ferme. Comme toujours, quand il voit un problème, il a les yeux d'un jeune enfant, des yeux interrogatifs qui attendent des réponses. On s'assoit à notre table et je demande au serveur de nous servir un bon champagne. Les belles bulles dans ce liquide couleur or, coulent dans ma gorge, cela me fait du bien, je sens la forme revenir. Philippe me regarde curieusement. A son regard, je comprends que lui aussi a des choses à me dire.

— Alors Philippe ton enquête cela c'est bien passé, tu as des informations à me donner.

— Oui chef, il y a quelques mois, dans les grandes bâtisses près du cimetière, il y a eu des travaux de rénovation dans les appartements. Cela a duré six mois. Et mon interlocutrice… (Philippe était un peu gêné de parler ainsi de la brunette, mais devant le capitaine, il n'ose pas dire autre chose) pense que s'il y a une cache quelque part, cela doit être dans un de ces logements.

— Combien d'appartements dans ce bâtiment ?

– Il y a deux entrées de six logements chacun, cela fait douze appartements plus les dépendances telles que les greniers et les caves.

– Bon, on verra ça tout à l'heure, pour le moment, finissons notre repas.

Nous quittons notre table et allons à la terrasse suivi de Marcel. On commande un café et le capitaine Berthouloux appelle le serveur.

– Bonjour capitaine dit le serveur.

– Salut Maurice, ça va ? Et votre femme va mieux ?

– Oui capitaine, cela va très bien, elle a repris le travail. Je vous sers quoi ?

– Ca vous dit un cognac, ou une petite poire, c'est moi qui paye, dit le capitaine.

– Oui, un cognac cela nous va bien. Et en plus, il parait que c'est 'un remontant efficace'.

Nous dégustons cet alcool à la couleur ambrée avec délice. Je remue le verre dans ma main, souhaitant le réchauffer. J'avais entendu dire que dans les grands restaurants huppés, il chauffait les verres. D'un seul coup, Marcel le regard fixé sur sa montre se lève et se prépare à partir.

– Messieurs mon devoir m'appelle, une urgence qu'il faut que je règle. Jérémy, à huit heures, un de mes hommes viendra te déposer une voiture. Allez, tchao ! et faites attention à vous.

Et le capitaine nous laissa seuls devant notre verre à moitié plein. Le mien à force de le remuer dans mes mains devient un nectar que je déguste lentement. Je gardais le silence, essayant de décompresser, Philippe n'intervient pas, et je le vois prendre un cigarillo. C'est la première fois que je le vois fumer. Devant mon air étonné, il se croit obligé de s'excuser.

– C'est Garlonn qui me l'a offert et j'en profite.

– Ah parce que tu l'appelles par son prénom maintenant.

– Oui c'est elle qui l'a voulu comme ça, chef. Mais on est que copain-copain.

– Hum, hum Que je répondis et je repartis dans mon silence. Les pensées s'entrechoquaient dans ma tête. Roman et Moïra se mélangeaient avec l'écrivain et sa fille. L'irréel et le vrai se mêlaient dans les méandres de mon cerveau. Je me trouvais dans les mystères du Mont.

16

Cécile se réveille la bouche pâteuse. La surconsommation de somnifère commence à la déranger. La lumière est allumée donc, il est sept heures. Sur la chaise, son petit déjeuner fumant l'attend. Elle se lève et s'assoit, des réflexions lui viennent comme ça, à la volée. Son esprit n'ayant pas d'occupation sérieuse divague sur des choses sans importance. Il faudrait qu'elle trouve une activité qui la fasse sortir de sa torpeur. Mais quoi ? Elle n'a pas de stylo, pas de papier. Occupée son temps à noter ses journées, un peu banal il est vrai, mais suffisant pour passer le temps. Elle pourrait écrire ses mémoires sur ses recherches archéologiques. Bon passons à autre chose, se dit-elle. Pourquoi que je n'ai pas une table pour manger et écrire, Ah ! Mais oui, bien sur, si je mets la chaise sur la table, je risque d'atteindre la lucarne. Ils ont tout prévu. Ils sont malins.

Son déjeuner terminé, elle prend le journal. Elle s'arrête sur la page locale d'Avranches. Un article soudain attire son attention. « Un commissaire divisionnaire de la police criminelle est attaqué sur la route menant au-st-Michel. » Elle continue à lire l'article. « Le commissaire, qui enquête sur l'écrivain retrouvé mort au mont, serait-il victime du même tueur ? » Le reste étant le blabla habituel, elle laissa tomber le journal au sol et prit « Femme Actuelle ». Un article sur « il était une femme » la capte. Il s'agit d'un article sur une femme qui fait le métier de lieutenant de police à l'identité judiciaire. L'article l'intéressant elle le lit entièrement, le sous titre « Mon quotidien a des airs de thriller » est fort. Elle se demande si cette femme pourrait la retrouver. Mais d'abord, y a-t-il quelqu'un qui me recherche ? Et ce commissaire attaqué, fait-il des recherches sur elle ? Si c'est le cas, il faut que je trouve un système pour montrer que je suis là. Mais quoi ? Je regardais la lucarne et la porte, mais que faire.

Céline était loin de se douter que l'article du journal, l'a concernait. Que l'écrivain trouvé mort était son père. Son père qu'elle croit toujours vivant. Que le commissaire était à la recherche de l'assassin de son père. Et maintenant à sa recherche. Non, Céline était loin de tout cela. Elle était plutôt occupée à meubler ses pensées de chose saine. En ce moment, elle cherchait une solution pour signaler sa présence dans cette mansarde. Elle regardait intensément cette lucarne, ses yeux lui brulaient à force de concentration, la clarté du ciel, lui donnait comme des feux d'artifice. Quand son regard quittait la lucarne et se posait sur le mur capitonné dans cette pièce noire. Plein d'étoiles tournaient autour d'elle. Elle regarde encore une fois cette lucarne qui pour elle, représentait la liberté, un détail la frappa. Cette petite fenêtre, cette petite ouverture dans ce toit avait un système d'ouverture. Dans le bas du carreau, il y avait comme une boucle avec une tige. Quand il faisait très chaud, il suffisait avec une perche de pousser cet anneau et la pièce se trouvait ventilée. Mais voilà, Céline n'avait pas cette perche, mais même si elle l'avait, que ferait-elle ? Impossible de s'échapper par là, le passage est trop étroit. La seule solution est d'envoyer des messages par là, afin que les gens sachent que je me trouve là. La fatigue commençait à se faire sentir, ou les effets de la drogue. Sa tête dodelinait sur ses épaules. En passant devant son calendrier de sang, elle se rappela qu'il fallait rajouter une barre. Rapidement elle prit son écharde, le sang coula et la septième barre était posée. Et elle s'effondra lourdement sur le sol.

Quelques heures plus tard, ses yeux s'ouvrirent naturellement. Céline resta là, allongée. Maintenant qu'elle était lucide, elle voulait réfléchir, trouver une solution pour prévenir les gens du village. Elle regardait autour d'elle, faisant l'inventaire de ce qu'elle voyait. Au milieu de la pièce, elle voyait la table garnie de son plateau repas et des deux chaises. Elle regarda vers le réduit servant de sanitaire, puis revint vers la table. La table, mais… Hier, elle n'était pas là… Ils m'ont mit une table… Elle allait se lever, mais elle se calma, ne pas leur montrer la joie qu'elle avait de voir cet objet réconfortant. Comment peut-on s'accrocher à des futilités, quand on est dans un endroit, comme celui où je suis. Quand on est prisonnière, un rien nous redonne espoir. Bon maintenant montrons à mes geôliers que je suis raisonnable, comme cela, ils relâcheront un peu la surveillance. Je décidais de manger tout en réfléchissant. Je fais un mètre soixante dix, la table doit faire un mètre et la chaise cinquante centimètres, cela fait trois mètres vingt. Le plafond est à environ trois mètres, donc j'ai vingt centimètres de battement. Cela devrait être bon. Mais arrivée là-haut, que faire ? Crier serait une énorme erreur. Lancer des messages, mais quoi ? Je portais les yeux sur les magasines et les journaux. Mais oui, je pourrais m'en servir. Mais comment ? Je regardais autour de moi, mon regard s'arrêta sur mon calendrier de sang. J'admirais mes sept barres sanguinolentes. Quand l'idée me vient, mais oui…Mon sang, c'est mon encre…Je pourrais écrire mes messages sur les pages des magasines et les balancer par la lucarne. Je ne suis pas une brune pour rien, j'ai de la réflexion. Elle termina son repas, puis récupéra son écharde. Elle cacha de sa tête l'écriture de ses messages, il ne fallait pas qu'ils voient ce que je faisais. Céline admira son travail, ses doigts étaient tâchés de sang. Cela commençait à lui faire mal. Mais tant pis se dit-elle, si je réussis ce sera merveilleux. Elle se rendit aux toilettes avec le magasine, faisant mine de faire un besoin nécessaire en lisant « Femme Actuelle ». Méthodiquement, elle déchira chaque page et les plia en quatre. Puis elle mit le tout dans son jean, sur son doux ventre, retenu par sa petite culotte et elle tira sur son pull-over. Sa petite poitrine se gonfla, en se regardant dans le miroir, elle se trouva très féminine. Elle se passa les mains sur ses seins, comme si elle les massait. Sa poitrine se raffermit et elle se sentit heureuse, bien dans sa peau.

Céline alla s'allonger sur sa paillasse et se mit à lire ses magasines. Il fallait qu'elle attende la tombée de la nuit et que la lumière s'éteigne. Machinalement elle passa sa main sur les pages salvatrices, ses doigts touchèrent son pubis, elle en ressentit des frissons de plaisir. Elle sentit sa peau se tendre et ses poils s'hérisser. Elle était tendue tel un arc prêt à décocher. Cela faisait une quinzaine de jour qu'elle n'avait pas fait l'amour. Elle se laissa aller à son plaisir, ses doigts et son pubis étaient humides. Elle s'endormit comme un bébé.

Trois heures plus tard, Céline se réveilla, une forte odeur de soupe lui titillait les papilles. Sa tendresse solitaire, elle l'avait oubliée. Elle se lança à corps perdu sur son dîner. Le jour commençait à décliner, dans une heure la nuit sera là et elle pourra exécuter son plan. Une heure à attendre, elle fit les cent pas dans la pièce, tournant autour de la table. Pour les geôliers, Céline fait sa gymnastique. Mais surtout, elle les endormait. La lucarne devenait de plus en plus noire, la pièce s'assombrissait. Céline attendait qu'ils éteignent. Enfin, l'ampoule ne brilla plus, la pièce devint noire. Céline attendit encore un peu. Normalement, la caméra ne pouvait plus la voir. Tout doucement, elle plaça la table sous la lucarne, puis posa la chaise par-dessus. Elle regarda la hauteur, c'est parfait se dit-elle. Elle sortit les pages de sa petite culotte, les embrassa, puis les posa sur la chaise. A l'aide de l'autre chaise, elle se hissa sur la table, puis elle monta sur la chaise. Elle se tenait encore accroupie, stabilisant la chaise qui tremblait.

Il faut que je fasse attention à ne pas tomber car la chaise est branlante. Elle prit ses pages et tout doucement, elle s'étira, ne faisant aucun mouvement brusque. Sa tête arriva à la lucarne, de sa main libre, elle poussa l'anneau. C'était dur, avec le temps, le métal avait collé au rebord. Céline poussa un peu plus fort, le battant se décolla dans un bruit sec, sous la libération Céline faillit tomber, mais elle s'agrippa à la lucarne ouverte. Elle respira doucement, reprenant son souffle. Son cœur battait la chamade, elle écoutait le moindre bruit, mais rien tout était calme. Ses geôliers devaient dormir, en ce moment. Puis une par une, les pages s'envolèrent dans le ciel, chargé de nuages. Céline resta là, à admirer ces feuilles qui comme des oiseaux, volaient suivant les désirs du vent. Puis elle regarda l'Abbaye, illuminée de ses spots couleurs jaune ocre. Que c'était bon de respirer l'air pur qui venait à elle. Elle resta ainsi dix minutes, des minutes précieuses qu'on lui volait pour on ne sait quel destin. Enfin, elle se décida à quitter son promontoire. Fébrilement, elle rabaissa l'anneau et elle réussit à descendre tant bien que mal de son escapade. Elle était en sueur, malgré la température froide du toit. A tâtons, elle rangea la table et les chaises puis regagna sa paillasse. Une demi-heure après, elle s'endormit. Elle rêva de ses messages qui s'envolaient poussés par les vents, elle les voyait, tombant parmi les touristes. Maintenant son destin était dans les mains de la providence.

17

Six heures. Je suis à ma table de travail, j'ai ouvert le dossier et je l'épluche, chaque document, chaque feuille sont relus. Je visionne chaque photo. Je retiens chaque chose mémorisant le tout. Qui était cet homme, grand et maigre ? Pourquoi cette voiture m'a mis dans les décors ? Ultimatum ou acte délibéré de me tuer.

Je repensais à ma nuit désastreuse, impossible de dormir. Mon lit était devenu un champ de bataille, les draps et la couverture se trouvaient par terre. Toute la nuit, je n'ai fait que tourner d'un côté et de l'autre dans le lit, et ce cauchemar. Roman et Moïra me revenait sans cesse dans la tête. La pauvre Moïra que l'on mit dans un trou creusé dans la terre, ayant subi les pires sévices, jets de pierres, pas de nourriture, elle n'était que l'ombre d'elle-même. Elle venait de subir les quatre punitions de la religion. Et cette question cruelle de l'évêque : « consens-tu à abjurer la fausse religion de tes ancêtres pour épouser publiquement la seule vraie foi ? ». Elle devait renier ses origines Celtes et reconnaitre la religion chrétienne.

La réponse de Moïra est le silence, le silence de sa fierté et le respect de ses origines. Et la sentence est terrible : « bien dit l'évêque, puisque tu persiste dans l'erreur, tu seras suppliciée par les quatre éléments de la terre jusqu'à ce que mort s'ensuive. L'air, l'eau, la terre et le feu furent ses supplices, qu'elle supporta jusqu'au feu où elle décéda. Toute la nuit, cela m'a travaillé. Mais cette histoire, est-elle vraie ? Je crois que je suis entré dans ce livre et que mon cerveau s'est imprégné de cette histoire imaginaire.

Je reviens sur mon dossier, je pense à la fille de l'écrivain qui se trouve quelque part sur le Mont. Et cet homme qui dans l'ombre tire les ficelles, organise les tueries, le vol du manuscrit et le rapt. Ce doit-être un homme important, pour agir ainsi en toute impunité. A quel niveau le situer. Un homme proche du gouvernement, un responsable du service culturel ? Mais où est-il ? Est-ce lui qui m'a envoyé dans les décors ? Ou bien le tueur ? Ou les deux sont-ils le même homme ? On court après deux hommes, alors qu'il ne serait qu'un. Mmm…… A voir. Et Germain est-il sincère ?

Sept heures. Je ramasse le dossier, je n'ai pas avancé d'un iota, toujours des questions, des questions. De ma fenêtre, Je m'aperçois qu'il pleut et le ciel chargé de gros nuages noirs semble stationnaire. Donc il n'y aurait pas de vent. Je passe prendre Philippe et nous descendons déjeuner. Les bonnes odeurs venant du restaurant m'ouvre l'appétit. Philippe est de bonne humeur, il a un teint de touriste, bien reposé. L'air du Mont lui fait du bien, à moins que la petite brunette y soit pour quelque chose.

Huit heures et quart, un gendarme arrive dans le restaurant et se dirige vers nous. On me livre le véhicule. Marcel, le capitaine de gendarmerie, a fait diligence. Le gendarme me donne les clés et commence à m'expliquer les détails sur le véhicule.

– Asseyez-vous brigadier. Vous prendrez bien un café.

– Oh oui, commissaire, j'ai pris mon café rapidement car il fallait que je vous emmène le véhicule aux aurores.

– Aux aurores ! Brigadier.

– Ce sont les mots du capitaine, commissaire.

– Bon, expliquez-moi pour le véhicule.

– Alors, c'est une Audi A4, de couleur noire avec GPS embarqué. Elle se trouve sur le parking des villageois.

– Bien merci. Au fait, comment allez-vous faire pour rentrée ?

– J'ai un collègue qui vient me chercher à huit heures trente. D'ailleurs, c'est l'heure, il doit m'attendre. Merci pour le café et le croissant, cela m'a fait du bien. Au revoir.

Après un salut militaire, le brigadier partit rapidement. Je voyais en face de nous, Germain qui terminait son petit déjeuner, je le saluais et lui demandais de nous rejoindre.

– Alors Germain, ça va. Vos travaux avancent.

– Ca va très bien. Mes travaux ! N'en parlons pas. J'ai passé ma journée au scrytorium d'Avranches, à force de remuer un tas de document poussiéreux aux archives, j'ai attrapé une allergie. Toute la nuit je n'ai fait qu'éternuer, heureusement que j'ai emmené mon Ventoline, car ce matin cela va mieux.

– Vous qui faites beaucoup de fouille, ou de recherche médiévales, vous ne sauriez pas où l'on pourrait retenir la fille de l'écrivain. On nous a parlé d'un bâtiment qui aurait été refait. Cela vous dit quelque chose ?

– Oui, je me rappelle de ce bâtiment, il a été refait par nos services sur demande du Ministère de la culture. D'ailleurs, beaucoup de collègues n'étaient pas contents que l'on paye ces travaux au détriment de nos recherches.

— Qui suivait ces travaux ?

— C'est Eugène Manivelle, un nouveau venu dans notre service. Un parachuté comme l'on dit.

— Un parachuté ? Qu'est-ce que cela veut dire ?

— Eh bien, c'est quelqu'un qui nous a été envoyé par le ministère. Et le directeur n'était pas content.

— Pourquoi pas content ?

— Cet homme n'était pas un spécialiste de l'archéologie et il lui était imposé. Il aurait préféré un archiviste ou un chercheur car on manque cruellement de main-d'œuvre efficace, pas un gars dont on ne sait pas ce qu'il fait.

— Vous l'avez vu cet homme ? Comment est-il ?

— Je l'ai aperçu une fois quand le directeur nous l'a présenté. D'ailleurs pour montré notre mécontentement, on a tous quitter la salle. Le directeur faisait une sale tête. Ah, bonjour l'ambiance. Vous le décrire ! C'est simple, grand, mince, une tête de mercenaire avec son crane rasé et ses boucles d'oreille. Ce jour là, il avait une tenue deux pièces, en velours rayé. Il avait aussi un grand foulard blanc qui lui entourait le cou. Il faisait royaliste ainsi. Ce qui nous a frappés, ce sont ses chaussures, des pataugas, que l'on met pour faire des randonnées, mais pas pour travailler dans des bureaux.

— Une vraie tête de loubard, d'après votre description. Quoi d'autre ?

— Je vous ai tout dit. A part le directeur, François Berlevent, qui ne l'aime pas. A chaque fois, il ne faisait que le critiquer, que fait-il ? Où est-il ? C'était tous les jours comme ça.

— Bon, je vous remercie pour tous ces renseignements, ces nouveaux éléments vont pouvoir me faire avancer dans mon enquête.

Germain voulait en savoir plus et commença à poser quelques questions, son directeur le pressait pour avoir des nouvelles de l'enquête.

— Votre enquête avance bien commissaire, vous savez qui dirige ce gang ? Parce qu'on peut parler de gang ? N'est-ce pas...

— Oui, ça avance, mais je ne peux rien dire pour l'instant. N'oubliez pas que nous devons protéger la fille de l'écrivain ! Moins de renseignements, je donne, plus j'ai des chances de la libérée vivante. Mais ne vous inquiété pas, si j'ai encore besoin de vos lumière, je vous appellerai.

Germain ne savais plus sur quel pied danser. Sa tête était penchée sur sa tasse de café, comme s'il cherchait une réponse à ses questions. Il sentait le commissaire sur la défensive, devait-il lui dire que le ministère l'avait missionné pour suivre de loin l'enquête, afin de récupérer le manuscrit. Non, se dit-il restons en retrait. On verra cela plus tard. Je vais aller voir cette petite blonde, discuter avec elle cela va me changer les idées. La sortie l'autre soir avait été trop courte pour lui, tellement il se trouvait bien avec elle. Cloé qu'elle s'appelait. Ce prénom, il l'avait gravé dans sa mémoire, mais pas dans son cœur, c'était trop tôt. La disparition de son amour lui pesait encore, les blessures de cœur ne sont pas encore cicatrisées. Parfois, il lui téléphone sur son portable, mais une voix féminine agréable lui répond que l'abonnement n'est plus attribué. Elle a vraiment coupée les ponts. Il se leva et quitta le restaurant.

Germain parti, je me dirigeais vers les remparts suivi de Philippe. Là au moins personne ne peut nous écouter. Je fis un point rapide de la situation. Afin d'avoir les coudées franches, il faut libérer Céline Brisset. Après on pourra s'attaquer à ce gang comme le dit si bien Germain.

– Bon Philippe allons chercher ce bâtiment rénové.

Et allègrement, on descendit une partie de la Grande Rue. Nous allions emprunter le petit chemin de la chapelle St Pierre quand je vis les bureaux de la police municipale. Il faut qu'on les voie, d'abord les saluer et aussi leur poser quelques questions. Je frappe sur cette grosse porte en bois, une voix nous dit d'entrer. Nous entrons, le bureau est tout petit. Un homme en tenue bleue marine, les cheveux poivre et sel coupés courts, de grosses moustaches grises sur un faciès jovial de paysan nous reçoit sèchement.

– Que me voulez-vous ? Faites vite car je suis pressé, mon gars est absent et je dois tout faire seul.

– Eh bien avec moi, vous prendrez le temps qu'il faudra.

Devant mon parler un peu rude, ce qui n'est pas dans mes habitudes, le policier me répondit en bafouillant.

– Mais qu'est-ce que ça veut dire…De quel droit vous…

Il s'arrêta net, en voyant la carte que je lui présentais. Son visage devint rouge et il se leva d'un coup sec.

— Brigadier Berloit, commissaire à votre service. Excusez-moi, mais j'ai tellement de travail… Puis mon adjoint n'est pas là ce matin. Même pas un coup de téléphone, ce qui n'est pas dans ses habitudes. Asseyez-vous, Messieurs.

— Brigadier, un petit passage pour vous saluer, vous prévenir que nous sommes là pour enquêter sur le mort du Mont.

— Oui, Monsieur le Maire nous a averti de votre arrivée, bienvenue dans ce haut monument le plus visité au Monde.

— Tout ce que je vais dire doit rester entre nous, rien ne doit sortir de ce bureau, la vie d'une jeune fille en dépend. Je peux compter sur vous ?

— Pas de problème, commissaire, je serai comme la porte de ce bureau, muet. De qui s'agit-il ?

— Il s'agit de Céline Brisset, la fille de l'homme trouvé mort. On pense qu'on l'aurait kidnappée et elle se trouverait ici, au Mont.

— Céline ! Enfermée ici ! Cette charmante jeune fille, je l'a connais bien. Quand elle est venue faire des fouilles ici, elle venait souvent nous voir. Elle était marrante, toujours en train de rire.

— Comme vous connaissez bien les lieux, vous n'auriez pas une idée où elle pourrait se trouver ?

— Oups… Vous savez, c'est grand ici, bien que l'île soit petite, trois cent quatre vingt dix sept hectares comprenant des immeubles des commerces, des cryptes, les anciennes prisons et l'Abbaye avec ses dépendances. Cela fait beaucoup.

— On nous a parlé d'un bâtiment qui aurait été rénové récemment, que pouvez-vous me dire là-dessus ?

— Oui, c'est vrai, les travaux ont duré six mois, soit disant que ces appartements sont réservés au gouvernement, mais mystère. Même le maire n'en parle pas. Actuellement, tous les logements sont habités soit disant par des hommes du service culturel. Ils sont là pour la rénovation du Mont, pour le désensablement.

— Cela veut dire que ces gens ne sont pas notées sur la liste des habitants.

— Non commissaire, mais attention, secret d'état d'après le maire. Moins j'en dis, mieux je me porte et je n'ai pas envie d'être muté à perpète les oies.

— Bien brigadier, on ne va pas vous déranger plus longtemps. A bientôt.

On traverse la Grande Rue ? On monte les quelques marches menant à l'église paroissiale, puis on arrive au village qui se trouve à l'arrière de la Grande Rue. Nous trouvons le bâtiment concerné, à priori rien ne montre qu'il a été rénové. On entre dans la première entrée, aucun nom sur les boites aux lettres. Nous montons au dernier étage. A la première porte l'on frappe, personne ne répond. A la deuxième, on entend de la musique. Au deuxième coup de sonnette, une femme nous ouvre. Surtout ne pas dire que nous sommes de la police. Nous faisons un recensement sur demande de l'Insee.

La femme parait étonnée mais répond quand même à mes questions. Elle accompagnerait son mari pour une mission d'un mois sur le Mont. Cela fait quinze jours qu'ils sont là. Je jette un coup d'œil à l'intérieur, l'appartement est tout neuf.　　La femme voyant mon indiscrétion repousse légèrement la porte. Ayant bien mémorisé le peu de ce que j'ai vu, je dis au-revoir à la femme qui rassurée de notre départ ferme la porte.

Arrivés dehors, tout en marchant, je demande à Philippe ce qu'il en pense.

– Alors tu n'as rien remarqué de spécial ?

– Non chef, à part que l'appartement sentait le neuf.

– Tu n'as rien vu dans le fond du couloir ?

– Non, où j'étais, je ne voyais rien.

– Eh bien Philippe, j'ai aperçu un escalier télescopique. Je suis sûr que cela amène à une mansarde. Tu me diras, il se peut qu'il y en ait un, à chaque appartement se trouvant au dernier étage. Mais mon intuition me dit qu'elle est là. Cette femme était bizarre, tu as vu comment elle a poussé la porte quand j'ai voulu m'avancer.

– Oui, c'est vrai chef.

– Bon, allons à ma chambre, il faut que l'on réfléchisse à tout cela.

18

Céline est pensive, ces pages vont-elles arriver dans les mains de la police ? La nuit est encore noire, la pluie tombe faisant un bruit de tambour sur la lucarne. La pluie ne va-t-elle pas effacer le message fait de son sang? Elle pensait à tout ça en se réveillant, son moral fléchissait, elle n'était plus tranquille. C'était la confusion totale dans sa tête.

Tout à coup, elle entend un bruit, elle devine la porte qui s'ouvre. Vite, elle fait semblant de dormir. La pièce est noire simplement éclairée par un rai de lumière venant du couloir. Elle vit une femme déposer le plateau du petit déjeuner. De taille moyenne, elle portait un fichu qui lui cachait le visage. A la porte se tenait un homme grand, mince qui lui demandait de s'activer.

Céline ne bougea pas regardant les gestes de chacun, cherchant à mémoriser leur comportement. Comme ils ne disent rien, cela veut dire qu'ils n'ont rien vu de ce que j'ai fait cette nuit. C'est bon signe. Ce soir, je vais recommencer. La lumière s'alluma et Céline alla déjeuner. Elle savait qu'il y avait du somnifère dans son petit déjeuner, mais elle s'en foutait. Maintenant elle arrivait à dominer ses moments de sommeil.

Pendant ce temps là, à l'étage du dessous, Un couple déjeunait et la discussion était assez vive. La femme avait retiré son fichu et montrait un visage juvénile. Blonde, les yeux bleus turquoise, mignonne à croquer. Elle racontait la visite du matin à cet homme, un grand gaillard, avec un faciès de mercenaire, un regard noir, dur, un vrai truand. Que faisait ce couple ensemble, alors que tout les séparait. L'homme commençait à lever le ton, la jeune fille tremblante de peur n'osait plus lui répondre. Elle ne connaissait pas beaucoup cet homme, mais elle s'en méfiait. Il la payait bien pour s'occuper de la jeune fille. Secret d'état, lui avait-il dit. Les cris commencèrent à monter.

– Je t'avais dit de n'ouvrir à personne, c'est qui ces gars qui sont venus. Des enquêteurs de l'Insee que tu me dis. Mon œil, oui ! C'est sûrement un fouille merde. Ils étaient comment ces deux hommes ?

– Il y avait un grand, un colosse avec un regard perçant et l'autre était de taille moyenne, environ un mètre soixante quinze, très peu de cheveu sur la tête et une petite moustache poivre et sel.

– Hé bien, ton moustachu, c'est un flic. Je l'ai vu hier, sur la route d'Avranches. Je l'ai envoyé dans les décors pour lui faire peur. Et ce n'est pas fini…

Et l'homme se mit à rire, un rire de tueur, un rire à faire peur. La jeune fille s'éloignait de plus en plus de la cuisine, la peur au ventre. Elle savait que dans des moments comme cela, il devenait violent. Son rire de tueur s'arrêta, il était en colère, ses yeux lançaient des éclairs.

Et ce qu'elle craignait arriva, elle ne l'attendait pas si rapide.

Le coup arriva sans prévenir.

La gifle vint comme un uppercut, elle se souleva du sol et atterrit sur une chaise, qui s'écroula sous le choc.

Elle se passa la main sur le visage, son nez était cassé et le sang coulait à flot.

Le mercenaire revint sur elle, la souleva et lui arracha ses vêtements un à un. En très peu de temps elle se trouva nue comme un ver. Ses mains essayaient de cacher son sexe, ses légers poils blonds, en forme de V, cachaient à peine son pubis. Elle n'avait plus de réaction, elle était à moitié dans les pommes. L'homme la contemplait, sous toutes les coutures. Il admirait sa nudité, il lui caressa le sexe. Elle n'eut aucune réaction. Puis d'un seul coup, la rage au ventre, il lui asséna un coup à assommer un bœuf. Elle traversa la pièce, en retombant au sol, sa tête heurta le socle de la cheminée. Elle n'eut aucun son, la mort vint, instantanée.

Le mercenaire ne la regarda même pas. Il alla se servir un whisky et s'en alla de l'appartement.

Céline au dessus, après avoir bien déjeuner, s'allongea un magasine à la main. Au bout d'un moment, ses yeux papillonnèrent et elle s'endormit comme une masse. Trois heures après, elle se réveilla, elle avait faim, elle regarda la table, rien. Tiens c'est bizarre, ce midi je n'ai pas le droit à mon repas. Céline comprit qu'il s'était passé quelque chose. Elle s'assied à la table et se mit à lire. Deux heures après, encore personne. Là, elle commença à catastropher. Il y a quelque chose qui ne va pas. Que se passe-t-il ?

Le temps devint long, la drogue ne faisait plus effet, elle n'avait plus sommeil. La lumière resta allumée toute la nuit et Céline n'arrivait plus à dormir. Au petit matin, dés que le jour commença à poindre, elle décida de monter sur la table et la chaise. Elle poussa le loquet de la lucarne et à la force de ses bras, elle passa la tête. Un froid vif lui tomba dessus. Mais la vue n'était pas terrible, elle voyait l'Abbaye, Notre Dame sous Terre et le ciel. Elle était déçue. Puis elle se mit à crier, l'écho lui renvoya ses paroles. Mais personne ne l'entendait, personne ne l'écoutait. De guère lasse, elle descendit de son promontoire et resta prostrée sur une chaise. Elle était terrifiée. Allait-elle mourir de faim ? Mourir dans cette pièce, seule. Non, cela n'est pas possible. Elle fit un semblant de prière car n'étant pas catholique, enfin peut-être, elle ne le savait pas trop. Puis elle s'allongea sur sa paillasse en attendant une hypothétique libération.

Le mercenaire arriva à un appartement se trouvant dans la Grande Rue, il frappa à une porte, un homme lui ouvrit. Il avait une tête de barbouze, crane rasé, boucles à une oreille, un vrai truand. Il le fit entrer et referma la porte à clé derrière lui.

19

Jérémy était assis à son bureau, Philippe s'était mis sur le bord du lit. Une mise au point de l'enquête s'avérait nécessaire. Celle-ci avançait à grand pas. Jérémy mettait bout à bout toutes les informations qu'ils avaient. Le puzzle se mettait en place peu à peu. Il était clair que l'écrivain a été tué à cause du manuscrit, Et aussi par rapport au rendez-vous avec Machin. Une indiscrétion, sur leur entrevue a dû accélérer leur mort. Dans la lettre, l'écrivain disait vouloir « régler le sort de ce maitre chanteur ». Ce Machin, ne faisait pas parti du gang, il voulait seulement récupérer le manuscrit pour le monnayer avec sa direction. Céline Brisset a été séquestrée par le gang pendant la négociation de la vente du manuscrit qu'elle détenait. Machin a été éliminé pour ne pas laisser de témoin derrière eux et sûrement qu'il savait des choses. Il avait dû découvrir le responsable du gang. Mais quelque chose me gênait dans ces deux meurtres. Les similitudes entre ces deux crimes, cela ne va pas. La même façon de tuer, le tissu du kabic au Mont et le bouton à Paris, je trouve cela bizarre. Est-ce le même homme qui a tué ces deux hommes ou deux hommes différents ?

J'étais parti dans mes explications sur l'enquête, au fur et à mesure que je parlais, les cubes se mettaient en place. Les motifs des meurtres, l'attaque que j'ai subie, le kidnapping. Tout cela se mettait en place dans ma tête. Philippe méthodiquement notait tout ce que je disais. Eh ! Il avait un rapport à faire à la fin de l'enquête !

Nous savons où se trouve la fille de l'écrivain. Mais où se trouvent les tueurs ? Il y en a un sur le Mont, ça c'est sûr. Par contre, rien sur ce deuxième personnage, ce baroudeur au crâne rasé et des boucles à une oreille. Où est-il ? Il y a bien deux hommes se dit Jérémy. Le crâne rasé doit-être le chef. Tant que ces deux hommes ne seront pas trouvés, on ne peut pas intervenir sur la libération de Céline, c'est trop dangereux.

Et cet archéologue ? Que vient-il faire dans l'affaire ? Est-il vraiment missionner pour faire des recherches sur le Mont ? Où est-il là pour nous surveiller ?

– Moi chef, j'ai une idée. Je pense que ce Germain est envoyé par le service archéologique pour récupérer ce manuscrit. C'est pour cela qu'il est souvent derrière nous. Il nous fait une surveillance passive.

– Oui tu as raison, gardons le sous le coude.

Après deux heures de travail sur le dossier, ils décidèrent d'aller manger. Jérémy avait besoin de faire fonctionner ses neurones et rien de tel que de manger pour les raviver. Comme disait Hercule Poirot, « manger et dormir, c'est important pour les neurones ».

Ils étaient arrivés au dessert, quand d'un seul coup, le chef de la police municipale entre dans le restaurant. Il est affolé, le visage en sueur. Il sort quelques mots avec difficultés. Tous les touristes aux tables voisines se posaient des questions, Germain se mit debout et approcha de notre table. Je demande au policier de sortir dans le hall pour discuter. On se met dans un petit salon pour être tranquille et que personne ne nous écoute. Il ne faudrait pas qu'il y est une émeute sur le Mont.

– Que se passe-t-il brigadier ? Respirez lentement, prenez votre temps.

– Commissaire, nous avons trouvé un corps au cimetière.

– Un corps au cimetière, mais il y en a plein.

– Non ! Euh ! oui, on a trouvé une femme morte complètement nue.

– Vous savez qui c'est ?

– Non ! Je ne la connais pas.

– Bon, Philippe, allons-y. On vous suit, brigadier.

On arrive au petit cimetière du village, l'entrée est gardée par un policier municipal. Il n'y a pas encore d'attroupement, mais cela ne devrait pas tarder. Entre deux tombes, je vois le corps, il est allongé, posé à même le sol. Le visage est complètement tuméfié, le nez est de travers, sûrement cassé, elle avait des ecchymoses sur toute la figure. Je m'approchais un peu plus prêt et la regardais fixement. Ce visage me disait quelque chose. Mais oui, c'est-elle, la femme du bâtiment rénové.

– Je la connais, cette femme, elle habite dans le nouveau bâtiment. Nous l'avons vu hier.

– Oui c'est bien elle, chef, je la reconnais moi aussi. La pauvre elle a été drôlement tabassée. Mais pourquoi l'on-t-il laissé ainsi, à poil ?

– C'est peut-être de notre faute. Qui l'a découverte, brigadier ?

– C'est une villageoise qui venait mettre des fleurs sur la tombe de son mari. Elle est venue nous voir en courant au bureau.

– Couvrez-là brigadier, sinon elle va prendre froid.

Un peu de blague dans cet endroit lugubre détend un peu l'atmosphère. Mais moi, je grelotte, j'ai froid. Je me suis toujours posé la question de savoir pourquoi, dans tous les cimetières, il y avait des courants d'air. Je ferme mon blouson. Je regarde aux alentours, cherchant un indice. Mais cela m'étonnerait que je trouve quelque chose. C'est des pros, ils ont dû faire attention. Quand quelque chose attire mon regard. Dans un coin d'une tombe, il y a un tas de feuilles qui remue suivant l'humeur du vent. Parmi ces feuilles, je vois des pages de magasines. Que font-elles là, ces pages, me dis-je. Et puis, elles sont bizarres. Je m'approche, il y a du sang dessus. J'appelle Philippe et je lui demande de me donner des gants jetables. Je les enfile, et délicatement je prends une page. Une inscription est écrite avec du sang, l'écriture est épaisse et se juxtapose sur un article. « Au secours je suis enfermée dans une mansarde, face à l'Abbaye. », je prends une deuxième page et à nouveau un message « Appelez la police, on m'a kidnappée ».

– Philippe, mets cela dans un sachet dés que les gendarmes seront là, tu le leur donnes afin qu'ils les analysent.

Quinze minutes après, voilà l'escouade d'hommes en blanc. La scientifique se met au travail. Puis les gendarmes ceinturent le quartier. Des badauds arrivent, l'attroupement commence à prendre de l'ampleur. Mais les gendarmes sont fermes et les tiennent à distances. Le capitaine Berthouloux s'approche de moi.

– Alors commissaire, une nouvelle victime ?

– Eh oui Marcel. Cette femme devait garder Céline Brisset. Hier ,on a fait une enquête dans les nouveaux bâtiments et sûrement qu'on a réveillé les tueurs. Ils font le vide autour d'eux. Ils ne veulent pas de témoin.

– Capitaine, je vous donne ces pages pour les analyser, j'ai mis la date, l'heure et le lieu.

Et Philippe donne l'enveloppe au capitaine. Il reste perplexe devant l'enveloppe, me jetant un regard. Je lui explique la situation et il met l'enveloppe dans une de ses grandes poches.

Le médecin légiste vient vers nous.

— Bien messieurs, cette femme d'une trentaine d'année a été sauvagement frappée ce qui n'a pas entrainé sa mort.

— Comment est-elle morte alors, docteur ?

— Elle a eu un choc derrière la tête, sûrement qu'elle est tombée sur une table ou un socle de cheminée suite à un coup. Pour le reste, venez faire un tour à Avranches, le voyage vaut le coup. Sur ce, messieurs au revoir.

Le médecin-légiste parti, suivi de l'ambulance. Rendez-vous à la morgue. Bon sang que je n'aime pas ces lieux. C'est froid, ça sent mauvais. On se rend au bureau de la police municipale. On discute de l'enquête pendant une demi-heure. Quand tout à coup, un homme entre en force et s'écroule à nos pieds. Nous étions tous stupéfaits de voir cet homme étalé, là, geignant. Je le retourne pour voir son visage. Je pousse un cri d'étonnement.

— Germain que t'arrive t-il ? Qui t'a fait çà ?

Le pauvre est encore groggy, le brigadier appelle un docteur. Et nous l'asseyons, avec des mouchoirs jetables, nous essuyons son visage. L'arcade sourcilière a éclaté, les yeux sont gonflés, il commence à prendre les couleurs d'un boxeur. Ses esprits revenant, il commence à parler.

— Je me trouvais auprès des bâtiments, derrière le cimetière, je faisais mes fouilles habituelles quand un homme arrive et se met à me frapper sans raison. Il était grand, il portait un kabic. Il m'a traité de « fouille merde, casse-toi d'ici avant que je te casse »

— Il te frappe comme ça sans raison, je ne crois pas à cette histoire. Germain je crois que le moment est venu de s'expliquer. Qui es-tu exactement, et que faisais-tu auprès de ce bâtiment ? Je te signale que c'est le repère du gang. Maintenant expliques toi, je veux tout savoir.

Il allait commencer à parler quand un portable se mit à sonner. Instinctivement, je mis la main à ma poche, ce n'est pas le mien. En écoutant bien, je m'aperçois que c'est celui de Germain. Il le sort péniblement de sa poche, un coup d'œil à l'écran et il me regarde.

— C'est François, le directeur du service archéologique, c'est mon chef.

Je lui fais signe qu'il peut répondre.

— Oui François, qu'y a t-il ? Non ne t'inquiètes pas… Je ne suis pas bien…

Je lui fais signe de me passer le téléphone, il faut que j'ai une explication avec cet homme. Voyant qu'il hésitait à me le donner, je le lui prends le portable de force.

— Bonsoir, Monsieur. Jérémy Roncher commissaire divisionnaire à la police criminelle. Germain, heu… Mr Rocher … Pardon… Il vient de se faire agresser, il n'est pas beau à voir.

J'entendis comme un raclement à l'autre bout du fil. Je le sentais gêner de me répondre. J'avais l'impression qu'il aurait aimé me raccrocher. Je le devançais en lui posant des questions.

— Je ne vais pas aller par quatre chemins, monsieur, j'ai des doutes sur les vraies fonctions de Mr Rocher. Quel est son travail ici au Mont ?

— Heu…Eh bien… Il est chargé de faire des recherches sur les fouilles qui ont eu lieu au Mont…

— Ca c'est la raison officielle, mais en vrai que venait-il faire ici ?

— Heu… C'est que…

— Bon j'ai compris vous ne voulez rien dire. Bien je mets votre collègue de travail en garde à vue.

Je raccroche et je redonne le téléphone à Germain. Je laisse le tutoiement et je lui parle officiellement.

— Et vous monsieur Rocher, qu'avez-vous à me dire ? Vous maintenez votre position ? Bien, il est dix neuf heures, monsieur Rocher à partir de ce moment vous êtes en garde à vue, vous ne devrez pas quitter votre chambre jusqu'à la fin de l'enquête. Un gendarme sera à votre porte, jour et nuit.

A peine ai-je fini ma phrase que le téléphone de Germain sonne. Il décroche et me passe le portable.

— C'est mon chef.

— Oui, comment. Ah ! Vous changez d'avis. Bien, je repose la question. Quel est son travail ici ?

— Nous souhaitons récupérer le manuscrit, donc j'ai chargé Monsieur Rocher d'observer le déroulement de l'enquête. Comme je savais que vous alliez arriver à l'auberge, je lui ai demandé de vous surveiller de prêt. Voilà commissaire, c'est tout simplement ça, il n'y a pas autre chose.

— Bien monsieur, je retire sa garde à vue, pour l'instant. Mais il reste sous surveillance.

Et pour la deuxième fois, je lui raccroche au nez. Je n'aime pas que l'on se moque de moi. J'ai quand même un doute sur ce François. Je m'en inquiète auprès de Germain.

– Germain, tu le connais bien ce François ? Ca fait combien de temps que tu le connais ? Est-il fiable ?

– Je le connais en tant que chef du service, mais jamais nous n'avons familiarisé. Cela fait quatre ans que je le connais, pour moi, c'est un bon chef. C'est un professionnel.

– Bon d'accord, on va quand même se renseigner sur lui. Comment s'appelle t-il ?

– François Berlevent.

Puis, je me tourne vers le capitaine de gendarmerie et lui donne rendez-vous au Centre médico-légal d'Avranches. En quittant le poste de police, je croise le docteur. Il faut que je fasse suivre ce Germain, je ne voudrais pas qu'il fasse des conneries comme il vient de le faire. Nous nous dirigeons vers l'auberge, je regarde ma montre, vingt heures, l'heure du repas. A table, nous discutons d'un peu de tout et à la fin, nous décidons de se donner quartier libre.

– Je vais aller retrouver ma dulcinée et passer un bon moment avec elle, me dit Philippe.

– Très bien Philippe, tu as conclu ?

– Oui chef, mais sans promesse, on est libre d'arrêter si on le veut. Elle m'a dit qu'elle viendra me voir à Evry et on ira faire un tour dans ma Picardie.

– Bon amuses toi bien, moi je vais monter à ma chambre et commencer à écrire mon rapport.

Dans ma chambre, je tourne en rond, je n'arrive pas à rédiger mon rapport. Trop de pensée confuse pollue mes réflexions : Cette femme tuée sauvagement, Germain tabassé. Pour quelle raison ? Je crois qu'un membre du gang pète les plombs, il ne se contrôle plus, cela veut dire qu'on les gêne. Que l'on touche au but. Je n'en pouvais plus de rester là, dans cette chambre à marcher de gauche à droite, à tourner en rond comme un fauve en cage. Je décidais d'aller faire un tour, je pris mon holster, mon Beretta bien en place. « On ne sait jamais », me dis-je. Puis j'enfilais un imperméable. Arrivé sur le trottoir, je regarde vers le bas, pensant voir mon adjoint, mais personne. Je me dirige vers l'Abbaye, puis au pied des grandes marches, je prends à droite vers Notre Dame sous Terre. Je m'assois sur le petit muret surplombant le village et le cimetière. Je contemple l'environnement, c'est joli, le Mont avec ses lumières couleurs ocres est splendide. Je décide de continuer mon chemin et je descends vers la fontaine St Aubert.

Je vois monter la mer rapidement avec quelques grosses vagues, ce vent qui remue l'air formant un courant d'air désagréable m'oblige à remonter le col de mon imper. Je pense à Moïra, cette femme forte affrontant tous les sévices religieux. Je la vois, nue, attachée par ses poignées à un grand poteau qui s'érige dans la baie, la marée est encore basse. Puis, les vagues arrivent écumantes, violentes la submergeant. Par moment, elle se trouvait sous l'eau, puis en ressortait. Elle était transie de froid, brulée par le sel marin, mais vivante. Quelle femme courageuse pour sauver son amour elle ne parla pas, ne reniant pas ses origines celtes. Elle cachait son amour avec l'abbé Roman. Mais ont-ils vraiment existé, le Mont c'est beaucoup d'histoires, avec St Michel et Satan, Moïra et Roman. La merveille recèle des mystères.

Je remonte vers Notre Dame sous Terre, puis je regarde les toits des bâtiments. Ils sont dans le noir, seule la Grande Rue avec ses lampadaires ressortent de la pénombre. Un point lumineux sur un des toits attire mon attention. Un petit carré éclairé qui représentait une lucarne, la seule lumineuse de tous les bâtiments. En situant l'immeuble, je vois qu'il s'agit du bâtiment rénové. En regardant bien, j'aperçois une tête et j'entends des cris. Mais que faire, sans précipiter sa perte. Ils sont prêts à tout, si je m'approche c'est sa mort que je vais provoquer. Prends patience que je crie. Mais est-ce qu'elle m'entend ? En reculant pour repartir à l'auberge, mon pied heurte la bordure d'un trottoir et je manque de m'affaler. Au moment où je suis baissé par le déséquilibre, j'entends comme un coup de sifflet auprès de mon oreille gauche. Puis un coup de feu, instinctivement je m'allonge sur le sol, je sors mon Beretta, puis je regarde vers l'endroit d'où venait le tir. Je ne vois rien, personne. Pourtant le tir venait des bâtiments plus bas.

Dans une chambre de la Grande Rue, Philippe fait un bon dans le lit. Un coup de feu a retenti. Son instinct de flic le réveille, rapidement, il se lève et s'habille, puis s'adresse à la petite brunette.

– Tu as entendu comme moi ? Ce coup de feu. D'après toi, de quel côté a eu lieu le tir.

– Je crois que cela vient du côté du bâtiment rénové.

– Bon j'y vais, attends moi là.

– Non je vais avec toi, je connais un raccourci pour y aller.

Et en deux temps, trois mouvements, ils s'en vont à vive allure, Philippe son pistolet à la main. Ils approchent du bâtiment rénové, Philippe regarde partout, rien, personne aux alentours. Il regarde vers l'Abbaye et il aperçoit un homme là-haut, il devine que c'est son chef. Mais qu'est-ce qu'il fait là. Se dit-il. Il se tourne vers son amie et lui demande comment faire pour arriver là-haut rapidement.

– Viens-lui dit-elle.

En courant, ils virent une passerelle, rapidement, ils la gravirent et arrivèrent à Notre Dame sous terre. Un peu plus loin, ils aperçurent Jérémy en position de défense. Tous deux se mirent à longer le grand mur de l'Abbaye se protégeant d'un éventuel tir de balles, en marchant courbés, le capitaine protégeant sa dulcinée de ses grands bras. Arrivés, à la hauteur de Jérémy, Philippe lui demande ce qui s'est passé.

– Figures toi, que n'arrivant pas écrire un mot de mon rapport, je me suis dit qu'un petit tour me ferait du bien. Je me suis promené jusqu'à la fontaine St Aubert, puis je me suis arrêté ici pour admirer le village. Puis j'ai aperçu une lucarne allumée, la seule du secteur d'ailleurs. Et j'ai vu la fille de l'écrivain crier. Mais avec le vent, on l'entendait à peine. Et en me retournant pour me rendre à l'auberge, mon pied a cogné sur la bordure du trottoir et j'ai été déséquilibre. J'ai entendu le sifflement d'une balle et la détonation.

– Hé bien, vous pouvez dire merci à cette bordure ou à Dame la providence, sans elle, vous étiez bon pour la morgue.

– Oui, Philippe à partir de demain, on prend nos gilets pare balles. Là, ils sont aux abois. Ils tirent sur tout ce qui bouge, maintenant. Demain, il faut qu'on trouve comment libérer cette jeune fille, car ils sont capables de la tuer, elle aussi. Et puis, nous avons rendez-vous à Avranches, au centre médico-légal.

Comment faire ? La question tournait en boucle dans sa tête. Pour l'instant, il n'avait pas la solution. Bon, on verra ça demain. Se dit-il.

– Allez les tourtereaux, à demain et bonne nuit.

Et tout le monde s'en alla, le couple bras dessus, bras dessous vers la passerelle et Jérémy d'un pas décidé vers la Grande Rue.

Demain sera un autre jour, se dit-il.

20

Depuis deux jours elle est là sans manger. Elle descend de la chaise et de la table. Elle a mal à la gorge d'avoir crié de tout son saoul, à la lucarne. Mais le coup de feu l'a refroidi. Qui a tiré et contre qui ? Elle pensait que le tir avait eu lieu du bâtiment où elle se trouvait sûrement d'un de ses geôliers. L'inquiétude s'empara de Céline. Elle avait comme une impression que la fin approchait. Mais quelle fin ? Sa mort, sa libération ! Est-ce que cet homme auprès de l'Abbaye l'a entendu ? Il regardait fixement par ici, mais voyait-il quelque chose ? Pourquoi n'a-t-elle plus à manger ? Elle alla se coucher. Elle n'avait plus la force de rajouter de son sang la barre du jour. Son calendrier était bloqué à huit jours, depuis hier, elle ne notait plus rien. Céline se laissait aller dans son désespoir. Puis elle se laissa emporter par son sommeil. Dans ses rêves elle voyait son père, son copain, ses amis de travail et son appart qu'elle aimait bien.

Ses amis qu'elle avait invités chez elle à un petit repas. Ses salauds, ils m'ont droguée pour m'amener ici. Mais pourquoi, eux ? Quel intérêt avaient-ils de faire cela. Son rêve se transforma en cauchemar.

Au petit matin, la lumière était toujours allumée. A travers la lucarne, elle voyait un ciel noir. Un regard sur la table. Pas de petit déjeuner encore. Mais que se passe t-il ? Encore une journée cauchemardeuse qui se prépare. Elle se leva, fit quelques mouvements d'étirements, puis tourna deux ou trois fois autour de la table. Céline prit des magasines et passa son temps à lire. Elle n'entendait aucun bruit, mais pour cause, la pièce est capitonnée. Elle regarde au plafond, la lucarne est toujours ouverte, laissant filtrer un semblant de soleil. Elle se dit qu'elle pourrait remonter là-haut, regarder le Mont dans sa splendeur, crier non, personne ne l'entend, non simplement prendre de l'air, cet air pur, iodé de la baie. Peut-être pour la dernière fois. Et puis, monter sur cette chaise posée sur la table, cela tremble. Je risque à chaque fois de tomber. Non il faut que j'attende. Attendre le bourreau qui viendra pour annoncer ma sentence. A moins que…

A l'étage du dessous, deux hommes discutaient, des paroles d'hommes fusaient, la violence à l'état brut s'affrontait. Ils étaient tous les deux assis à la table de la salle à manger. Au sol, près de la cheminée, il y avait encore la grosse tâche de sang. Les deux hommes buvaient leurs Whiskies à grandes rasades, les gestes étaient nerveux, démesurés. Les explications étaient violentes. Deux brutes en train de s'expliquer. L'homme au crâne rasé et aux boucles d'oreille semblait être le chef, criait presque. L'autre homme à la tête de mercenaire était cramoisi. Il n'aimait pas qu'on lui parle de cette façon, même de la part d'un chef. Il avait envie de se lever et de lui rentrer dedans, de lui arracher ses boucles d'oreille, qui l'énervaient. La rage était là mais canalisée, il fallait tenir jusqu'à ce qu'il soit payé. Et après basta ! La fille, je la viole et je la laisse là dans sa mansarde la porte ouverte pour qu'elle puisse se sauver. A ce bâtard, je lui coupe les oreilles et ses boucles je les garde en souvenir. Puis, avec mon poignard je lui tranche la gorge, et je le regarde mourir lentement se vidant de son sang. D'un seul coup, il est rappelé à l'ordre.

— Alors où as tu la tête ! Si tu veux me faire des crasses, vas-y, des costauds comme toi, j'en ai maté plus d'un. Je les ai cassés comme une baguette de bois. Alors toi... Paf... Cassé.

Il avait mimé son geste et le mercenaire se mit debout les mains appuyées sur la table, les articulations de ses doigts étaient blanches, tellement ses nerfs étaient tendus. Il tremblait de rage. Pensant à son argent, il se calma et se rassit. Le crâne rasé se marrait intérieurement, il avait réussi à le faire sortir de ses gonds. Il aimait ça, de titiller les mecs, cela lui donnait de l'autorité. Les costauds, je dois les mater, ils doivent être à ma pogne.

— Bon maintenant, parlons sérieusement. Normalement, demain j'ai rendez-vous à St Lo avec mon acheteur. Le mec vient des Etats-Unis, c'est un richissime milliardaire. Il me donne son argent, je lui donne le manuscrit. Et l'affaire est réglée. Le mec est venu avec son propre jet dès qu'il a ce qu'il veut, il part de suite pour son pays.

— Ensuite que fait-on de la jeune fille ? Et les policiers car ils se rapprochent de plus en plus. Je suis sûr qu'ils savent où est détenue la jeune fille.

— Bon demain en soirée, je te téléphone. L'affaire réglée, tu ouvres la porte de la mansarde et tu me rejoins à l'hôtel de la gare à Avranches. La jeune fille ne nous connaît pas, depuis qu'elle est dans cette mansarde, elle n'est au courant de rien. Le jeune couple qui l'a amené là, je l'ai éliminé. Donc plus de témoin. Moi ensuite, je quitte le pays. Toi, fais-en autant.

— Et les policiers ?

— Eh bien s'ils t'emmerdent, tu les exécutes, point barre. Mais avant cela peinard, pas d'embrouille.

— Bien chef.

Les deux hommes après une tempête cyclonique se sont calmés, tous cela pour l'appât de l'argent. Comment, deux hommes qui n'ont que des idées macabres l'un envers l'autre, peuvent-ils continuer à vivre ensemble comme si de rien n'était. C'est à ne rien comprendre. Les ententes financières font se rassembler les crapules. Le mercenaire reste là, seul. Il regarde la bouteille, puis se sert une bonne rasade, puis deux. La troisième passe avec difficulté, la gorge lui brûle, dans sa tête, il voit les meubles danser. L'idée lui prend d'aller voir la jeune fille, de la violer toute la nuit, de la savourer, de la déguster comme on lèche un esquimau. Il se dirige vers l'escalier mais les paroles du crâne rasé, le bloque. Puis il repart, les trois premières marches sont prises avec difficultés. Mais il continu. Dans sa tête, il se voit déshabillant la jeune fille lentement, profitant au maximum d'elle. Quand d'un seul coup, il entend un bruit derrière lui, il se retourne. Que voit-il ? Le crâne rasé ! En voulant descendre les marches, il en rate une et tombe à ses pieds. Il se sent soulever du sol et il reçoit une superbe gifle. Cela le dégrise d'un seul coup. Ils se regardent droit dans les yeux. Puis le crane rasé tonne.

— Je m'en doutais que tu allais faire le con, tu n'es qu'un gros porc, tes couilles remplace ton cerveau. Alors je te le répète encore une fois, si tu joue au con. Demain tu ne me vois pas, je pars seul avec l'argent et toi… Rien, que dalle. Alors tu choisis, la jeune fille ou l'argent.

Puis le crâne rasé le lâche, le mercenaire s'écroule comme un sac de pomme de terre vide. Il est complètement avachi. L'homme une fois parti, le mercenaire décide d'aller se coucher. Mais il n'arrive pas à dormir. De guère lasse, il décide d'aller faire le tour des troquets. Au petit matin, il arrive chez lui, complètement ivre. Il s'allonge sur le lit et tout habillé il s'endort.

21

Six heures trente. La nuit est encore là, mais le ciel est dégagé, une belle pleine lune luit sur les vagues qui tapotent le rivage. Les lises ont des reflets d'argent et serpentent le sable gris. Il n'y a pas un brin de vent. L'air iodé est plus doux. Le beau temps arrive. Encore un Noël qui s'annonce sans neige. Jérémy se réveille, sa nuit a été calme, il est en pleine forme. Il se lève et va prendre une douche, sous le jet d'eau chaude, il s'étire. Il se sent bien. Pour lui, c'est bientôt la fin de son enquête, normalement demain tous sera terminé. Il s'habille d'une tenue classique, son costume bleu clair, une chemise blanche sans cravate. Je n'aime pas les cravates se dit-il. Et par-dessus un pull-over bleu. Son rendez-vous à St Lo, doit-être digne de son rang. Comme dit toujours sa femme, on voit un homme à ses chaussures, si elles sont bien cirées, c'est un homme sérieux et si elles sont sales, c'est un homme pas propre physiquement et intellectuellement. Mais cette citation est-elle vraie, allez savoir ! Tient d'ailleurs, il faut que je l'appelle. Il prend son téléphone, et pendant une demi-heure, il est en conversation avec Lupé. Il frappe à la porte de son adjoint, personne ne répond. Il n'est pas là. Sa dulcinée à du s'endormit sur sa chemise de nuit. Je descends au restaurant, il est déjà là, accompagné de sa petite brunette. Nous déjeunons ensemble et parlons de tous et de rien. La jeune fille est charmante. Je le lui dis et elle en rougit de plaisir. Arrive Germain, avec sa tête de toutes les couleurs. Il donne l'impression d'être passé sous un rouleau compresseur. Les sourcils gonflés, les yeux boursouflés. Je lui fais signe de venir à notre table.

— Alors Germain comment ça va ? Vous allez pouvoir manger avec cette lèvre coupée ?

— Ca va mieux commissaire, je suis allez aux urgences, il m'on relâché vers les minuits. La nuit a été un peu mouvementée. Mais bon j'en ai vu d'autre. Hier, vous avez été dur avec moi. Me mettre en garde à vu, alors que je ne faisais que mon travail.

— Justement Germain, as-tu confiance en ce François Berlevent ? Moi, je trouve bizarre qu'il veuille à tous prit récupérer ce manuscrit. Son empressement me gène quelque part.

– Et bien commissaire, maintenant, avec tous ce que vous m'avez dits, je commence à douter moi-même aussi. Comment savait-il, qu'il fallait que je vienne au Mont ? Il devait savoir que le manuscrit était ici, c'est évident. Le kidnapping c'est lui aussi, enfin je pense. Je ne sais plus quoi penser.

– Tu vois Germain, tu y viens aussi, tu doute de ton chef. Moi, je vais te dire comment sont exactement les choses. Berlevent, c'est le chef du gang, le kidnapping, le vol du manuscrit c'est lui. Pour l'aider, il embauche deux mercenaires, le crâne rasé et le grand mince. Ici, sur le Mont, nous les avons tous à porter de main, sauf un, le grand chef. François Berlevent, l'instigateur de toute cette affaire. Je suis sur que les tractations pour la vente du manuscrit vont se faire dans la région. Mais où ?

– Commissaire est-ce que je peux vous accompagné à Avranches ? J'ai quelque chose à allez voir, concernant mes recherches médiévales.

– Bon pourquoi pas, nous partons dans une heure.

Et nous voilà sur la route d'Avranches, pendant une trentaine de kilomètres nous longeons la mer. La vue est formidable, le Mont-st-Michel est splendide à l'arrière du véhicule. Il s'éloigne mais on a l'impression qu'il reste toujours auprès de nous. Le GPS, nous indique la direction de Courtils, de Les Forges. Puis une voix féminine charmante, nous demande de prendre l'A84-E03. On roule tranquillement, la voix off, par moment nous dit « vous avez dépassez la vitesse autorisée » où alors « restez à droite ». Sur l'Autoroute des estuaires, la voix féminine nous dit de tourner à droite. Quelques kilomètres plus loin, l'hôtesse à la voix sensuelle nous dit de sortir et de prendre la Rue de la Liberté. A un arrêt de bus, Germain, nous demande de le déposer, il va se rendre au Scryptorial en bus. Au bout d'un moment l'hôpital se dresse devant nous, c'est un bâtiment de deux ou trois étages. Sa clarté grise et blanche détonne dans l'environnement. En face de lui, il n'y a que des champs. On se gare sur l'immense parking et…Bonjour la morgue.

Nous revêtons les tenues traditionnelles et entrons dans l'antre médical, que l'on appelle vulgairement la morgue. Comme toujours, les odeurs habituelles de ces endroits, nous prennent à la gorge. Le capitaine Berthouloux est déjà là, en pleine discussion avec le médecin biologiste.

– Ah ! Messieurs, on attendait plus que vous pour commencer ma séance d'explications sur l'autopsie de cette patiente. Vous me direz, au point où elle en est, une demi-heure d'attente de plus ne l'aurait pas gênée pour autant. Enfin… Plus maintenant.

Le médecin légiste aimait la blague, où alors il le faisait exprès pour détendre l'atmosphère de ce lieu lugubre, pour ne pas dire mortuaire. La jeune fille était allongée nue sur la table en inox. La cicatrice habituelle, cousue en croix, sur la poitrine. Elle avait le corps parfait de la jeunesse, mais le visage était devenu horrible. Il était de toute les couleurs et gonflé.

– Cette jeune fille d'environ vingt cinq ans, est morte suite à un coup violent à l'arrière du crâne, au niveau occipital. Provoquant une hémorragie interne, elle est morte sur le coup. Elle n'a pas été violée. Elle n'a jamais été enceinte. Sinon c'est un corps sain, pas de problème au foie, pas de trace de drogue. Voilà, c'est tous ce que je peux vous dire. Dans cette enveloppe vous avez tous, analyse de sang, radios, photos et mon rapport. Maintenant à vous le reste, messieurs. Ce n'est pas que je vous mette dehors, mais j'ai encore deux corps à ouvrir.

Satisfait des explications du légiste, nous nous rendons sur le parking, l'air frais nous fait du bien. Il n'y a rien à faire, je crois que personne n'aime les morgues. Je ne sais pas comment font les médecins légistes. Ouvrir les corps, retirer le foie, le cœur et les intestins… Pouah… Cela doit-être écœurant. Le capitaine Berthouloux, une cigarette au bec, lâche des grands jets de fumée qui blanchissent dans l'air frais.

– Marcel, est-ce que tu pourrais nous prêter un ordinateur, j'aimerai faire des recherches.

– Pas de problème, Jérémy, suis moi. Allons faire un tour à la gendarmerie, il faut traverser la ville, mais ce n'est pas long.

Marcel à bien fait les choses, un bureau est à notre disposition. Un ordinateur dernier cri, nous tend les bras. L'écran aux contours noirs est allumé et Philippe les yeux droit dessus, commence les recherches. Ces yeux sont comme des billes, elles tournent à droite puis à gauche. Quand soudain, il pousse un cri.

– Le voilà notre homme, François Berlevent, né à Paris 10ème en 1980. Alors… Directeur du service archéologique depuis 2006… Avant il a travaillé comme professeur universitaire, spécialisé dans le médiéval. Pour le moment rien d'important. Voyons voir son pédigrée… Ouah… Détournement de fonds public, escroquerie, abus de confiance. Il a fait dix ans de prison. Pas marié et pas d'enfant. En 2006, il a été gracié, sur demande d'un membre gouvernemental pour loyaux service.

– Loyaux services… Humm… A mon avis il a du faire une sorte d'espionnage professionnel, genre délation que cela ne m'étonnerai pas. Bon maintenant fait des recherches sur la jeune fille dans le service des recherches. Cela m'étonnerait qu'elle soit fichée, mais on ne sait jamais.

Cinq minutes après, Philippe ne trouve rien, néanmoins il continu encore ? Mais toujours rien

– Non, il n'y a rien sur elle, chef.

– J'en étais sur. Ils ont du la recruter pour s'occuper de Cécile Brisset. Regarde sur Germain Rocher.

Mon intuition me disait que Germain devait être propre comme un sous neuf, Mais je préférais en avoir le cœur net. Maintenant comment retrouver ce barbouze au crâne rasé ? Sur la table, mon téléphone tremblait en jouant un air de Johnny. « Que je t'aime, que je t'aime… Qui m'appelle ? Je décroche, c'est Germain. Ah, tu tombe bien, où est tu ? Bon prend le bus et rejoint nous à la gendarmerie. J'ai besoin de toi. Je raccroche et demande à Philippe de rouvrir le fichier des délinquants.

– Dès que Germain arrive, tu lui montre toute les photos et je suis sur que l'on trouvera notre homme. Pendant ce temps là, je vais aller voir le capitaine dès fois qu'il aurait une petite bière.

– Vous ne m'oublier pas chef.

– Pas de problème.

Germain et Philippe, assis tous les deux face à l'ordinateur, ont les regards braqués sur l'écran de l'ordinateur. Philippe un doigt posé sur la souris, fait défilé les photos du fichier de IRGN. C'est l'Institut de recherches Criminelles de la Gendarmerie Nationale basé à Rosny sous Bois en région parisienne. C'est le meilleur d'Europe. Philippe est heureux de rentrer dans ce prestigieux institut de recherche. Devant Germain, il fait le fier, lui montrant sa facilitée de maitriser le logiciel informatique. Germain soudain pousse un cri.

– Ce type là, c'est lui qui m'a tabassé, regarde la tête qu'il a. Un vrai cinglé, une tête de mercenaire, je haï ce genre d'individu, une brute qui frappe sans raison. Je le reconnais à ses cheveux et son regard.

La photo montrait un homme de forte stature. Une tête ovale, forte avec une cape de cheveux noir mi-longs, tombant sur les oreilles, les yeux et les sourcils sont épais et noirs. En le regardant bien, il avait le physique de Serge Lama, mais en plus moche et le visage d'une dureté sauvage. Mesurant un mètre quatre vingt et pesant quatre vingt kilos.

    – Calme-toi ! Germain. Regardons son pédigrée. Il s'appelle Jean pierre Lesaux. Engagé dans la légion étrangère a participé aux campagnes africaines. Tueur professionnel, spécialisé en arme blanche. En Côte d'Ivoire, il aurait participé à un massacre d'un village, tuant femme, enfants et vieillards. Il aurait assassiné plusieurs hommes politiques au Gabon et au Sénégal. Hé bien, sacré palmarès. C'est une bête ce mec là, ce n'est pas un humain.

Philippe appuie sur impression et la photo et son pédigrée sort de la machine. Il prend les deux feuilles et les rajoute au dossier. Puis ils recommencent leurs recherches. Les yeux fixés sur l'écran, il regard les têtes de malfrats se superposées les unes après les autres. Il y a même des femmes truands, des photos de jeunes adolescents que la société actuelle fabrique. Le monde s'autodétruit avec ces hommes et ces multinationales qui sous prétexte de profits écrasent le peuple. Germain met inconsciemment son doigt sur l'écran, en voyant une photo, ce qui met en colère Philippe.

    – Attention Germain ne met jamais les doigts sur l'écran, c'est fragile ces choses là. Tu le connais celui là aussi.

    – Excuse-moi Philippe. Cet homme, c'est celui qui à été recruté au service, et que François n'aime pas.

    – Qu'il n'aime pas, non ne crois pas ça, ils sont surement de connivence tous les deux. C'est une apparence qu'ils se sont fait pour mieux vous tromper.

Là aussi l'écran montre une tête de malfrat, le crâne rasé, deux boucles à une oreille et une petite mouche sur le menton. Une tête allongée sur de larges épaules. Des yeux noirs d'acier. Un mètre quatre vingt dix et cent kilos.

    – Oh dis donc, c'est du gros celui là. Alors d'origine américaine, a fait parti des commandos de la marine américaine, a participé à des actions commando pendant la guerre du Golfe. Il s'appelle Andrew Hammler. Il a quarante ans.

Allez hop, impression et encore un document de plus dans le dossier. A cet instant Jérémy arrive avec le capitaine. Philippe est ravi de son travail, il prend le dossier et le donne à son chef. Il a les yeux brillants comme ceux d'un enfant heureux. A moins que ce ne soit les deux bières qu'il a éclusé pendant ses recherches. Jérémy présente les potos au capitaine et lui demande s'il peut les photocopier et les faires afficher partout y compris au Mont.

– Pas de problème, je demande à mes gars de s'en occupé et en début d'après midi tous sera affiché.

– Bravo vous avez bien travaillé les gars. Tu m'as fait un double des photos, Philippe ?

– Oui chef c'est dans le dossier.

– Bon rentrons au Mont, maintenant. Vous n'avez pas faim ?

– Oh que si ! Commissaire, dirent de concert les deux hommes.

Après des au revoir chaleureux à la gendarmerie, ils partirent sur la route du Mont. Jérémy regarde sa montre, midi. Bon on a le temps d'arriver pour le repas. Il se calfeutre dans son fauteuil et pique un petit roupillon, ouvrant parfois un œil sur la route. Dés fois qu'on voudrait encore les mettre dans le fossé.

Dans ma somnolence, je pensais à Céline. Que devient-elle ? J'espère que ces truands ne lui font pas de misère. Elle doit se morfondre dans cette mansarde. Le temps doit être long, de passer ces journées à tourner en rond, attendant qu'on l'a libère. Moïra arrive dans sa mémoire, elle est dans son trou creusé dans la terre, elle est à moitié morte. Un léger souffle de vie reste encore en elle. Les gens autour d'elles, en liesse lui lancent des injures, les bières et l'hydromel but à grande rasade les rendent fous. Moïra aura supportée les trois premiers supplices. Jusqu'au bout elle aura luttée, elle n'aura pas capitulée, pour l'amour de Roman. Un abbé saute dans le trou pour épancher la soif de Moïra. Et avant qu'elle arrive au bucher, elle est déjà morte, l'abbé pour abréger ses souffrances, lui a fait boire un poison. Elle aura échappée à la torture du feu.

Jérémy est réveillé par Philippe. Il a du mal à sortir de son rêve, se demandant ce qui est vrai ou pas. En voyant le Mont en face de lui, il réagit promptement. Il est encore dans le monde des vivants. Cette histoire de Roman et de Moïra me dépasse, j'en suis imprégné. C'est la tête enfariné qu'il demande à Philippe, où il se trouve.

– Que se passe-t-il ? On est déjà arrivés.

– Eh bien dites donc, vous avez bien dormi chef.

– Oh oui, encore ce rêve qui me tourne dans la tête, cela me met à l'envers. Heureusement que l'enquête approche de la fin, et que j'oubli ce Mont et ces mystères.

– Vous avez raison chef, moi aussi, j'en ai marre de cet enquête. Et toi, Germain qu'est-ce que tu en pense ?

– Je réfléchis. Si vous arrêter ces deux hommes et que vous libéré Céline, c'est bien. Bravo. Mais le manuscrit ? N'oubliez pas que ce document est important pour les archives françaises. C'est un patrimoine. J'espère que l'on va le trouver.

Jérémy, se dit dans son fort intérieur, que Germain avait raison. Il faut que l'on trouve ce document. Et il lui répondit.

– Tu a raison Germain, j'espère le récupérer et le remettre moi-même aux ministères de la culture. Maintenant allons manger. Ce rêve ou ce cauchemar m'a donné faim.

Germain avait la mine radieuse, quand je lui demande de nous rejoindre à notre table. D'ailleurs c'est ce qu'il souhaitait depuis le début, mais François ne le voulait pas. Germain maintenant, trouvait les attitudes de son chef pas normal, surtout depuis que Jérémy avait parlé de lui avec dureté. La méfiance envers François commençait à lui monter à la tête. Le doute était là. Après le repas, ils allèrent sur la terrasse pour déguster le café accompagné d'un délicieux Cognac. Le délicieux breuvage ambré réchauffait les cœurs, Philippe sortit un petit cigare et le consuma lentement, laissant échapper quelques rondeurs de fumée qui s'effilochaient dans l'air. Jérémy se demandait comment récupérer le manuscrit avant qu'il quitte le pays. Et là-dessus il comptait sur la photo des deux truands affichée un peu partout. Et puis comment libéré Céline Brisset sans compromettre sa vie. Si on s'approche trop près d'elle, ils sont capables de la descendre. Pour l'instant, elle est en sécurité dans sa mansarde. Mais ce que ne savait pas le commissaire c'est qu'elle mourrait de faim. La jeune femme qui devait s'occuper d'elle, se trouvant à la morgue.

Le café terminé, ils décidèrent de faire un tour dans la Grande Rue, visiter les boutiques leur ferait du bien. Sur les vitres des commerçants, les deux photos des truands s'affichaient. Jérémy les regardes. Le numéro de téléphone de la gendarmerie a été rajouté avec une inscription. « Hommes dangereux recherché, appeler au … ».

Marcel avait bien fait les choses me dis-je. Maintenant il faut attendre. En espérant que la violence ne sera pas au rendez vous. Un groupe de touristes américains prirent le petit chemin menant au cimetière et se dirigeaient vers la passerelle menant à Notre Dame sous Terre. Ils se mêlèrent aux groupes passant ainsi incognito auprès du bâtiment rénové. A priori, rien ne montrait une activité dans l'immeuble, tout semblait calme. La passerelle passée, on se trouve au pied de l'Abbaye. Un regard furtif vers les toits et je vois la lucarne ouverte. En regardant bien, je devine la tête de Céline. Je fais signe à Philippe. Je me détache du groupe légèrement, et je lui envoie un signe de la main.

Elle me voit et me répond d'un petit signe.

Je lui fais un geste de la main, les doigts pliés et le pouce levé. Le signe de la victoire, en espérant qu'elle comprendra.

Puis je réintègre le groupe rapidement, espérant n'avoir pas été vu. Nous continuons allègrement notre chemin comme de bons touristes. Puis arrivé à l'auberge, nous nous rendons sur la terrasse, elle est remplie de monde. Nous dégustons tranquillement une bonne bière savoureuse.

Quand le téléphone de Germain sonne. Il sort son portable de sa poche et répond. A sa tête, je comprends que c'est son chef qui l'appelle.

– Ah bonjour, François, oui ça va, j'ai la tête comme un aquarium, elle est de toute les couleurs. Allo, quoi, les policiers ? Je ne sais pas…Je crois qu'ils avancent…comment ? Le manuscrit va quitter la France…Demain… Mais comment…Allo, allo.

Germain pose le portable sur la table, il est cramoisi. La discussion c'est mal passée avec son chef. D'après les quelques brides de la discussion que j'ai entendu, il me semble avoir compris que le manuscrit quitterai la France. Pour le reste, voyons ce que va nous dire Germain. Et pour cela je le pousse à la discussion.

– Alors Germain que t-a raconté ton chef ?

– Eh bien, figurés vous que je n'ai rien compris. Que le manuscrit quittera la France demain. Il m'a demandé ce que vous faisiez, que vous aviez perdu la partie et que ce soir tout sera dans l'avion. Il m'a même dit que je pouvais faire mes bagages, que la réservation de l'auberge s'arrêtait dans deux jours.

Je pris mon verre et je sirotais lentement cette bière, je cherchais à comprendre ce qu'a demi mot j'avais compris.

Comment sait-il que le manuscrit quitterait la France ? De quel avion parle t-il ? Que l'enquête était ratée, comment le sait-il ? A moins qu'il sait des choses ou alors…

– Mais oui, j'ai compris ce François est ici, il a rendez-vous avec l'acheteur. L'avion ! Il y a un aéroport ici ? Mais où ça ? Marcel, la gendarmerie, il faut faire vite.

Je prends mon portable et appelle Marcel, lui, doit savoir où est l'aéroport.

– Marcel, bonjour, où ce trouve l'aéroport le plus prêt d'ici ? Où… A Grandville-Mont-st-Michel… C'est loin d'ici… Ah non… Toi aussi tu as du nouveau… Quoi ? Ils ont été vus à l'hôtel de la gare à Grandville. Bon d'accord, on se donne rendez vous là-bas. Vous avez ceinturé l'hôtel. Ok, on y va.

Cinq minutes après, nous sommes dans la voiture, direction Granville. En roulant, j'explique la situation à mes deux accompagnateurs. Philippe est en extase, enfin de l'action se dit-il. Quand à Germain, il rumine. Il n'a pas aimé les réflexions de son chef. Mais est-il toujours son chef ? Il commence à comprendre, qu'il est le chef de gang. Qu'il a tous manigancé. Et un de ses gars l'a tabassé, sur son ordre surement. Il c'est fait rouler dans la farine et ça il n'aime pas. Il lui a fait confiance, c'est vrai qu'il avait du métier. Qu'est-ce qui lui à passer par la tête ? L'appât du gain, vouloir plus d'argent ! C'est lamentable.

J'augmente le volume de la radio sur une musique que j'adore. Les années quatre vingt, période prolifique de musique de qualité. Dans le rétroviseur, je regarde Germain, il a l'air assommé, son chef un truand, il n'en revient pas. Nous arrivons près de l'hôtel de la gare, je ne vois pas de véhicules de la gendarmerie. Surement qu'elles sont garées dans les rues adjacentes.

Je me gare sur le parking de la gare, d'où nous sommes, nous voyons l'hôtel. Mon portable sonne, je décroche c'est le capitaine de gendarmerie. Il a du nous voir arrivés.

– Bon Jérémy, vous ne bouger pas d'où vous êtes, nous allons lancer l'assaut, dès que c'est fait je vous rejoins.

– Bien Marcel, nous ne bougeons. De toute façon, nous sommes au premières loges, d'ici je vois tous.

– Bien à plus.

Trois voitures de gendarmes arrivent en trombe, les véhicules à peine arrêtées, qu'une escouade sorte et pénètre dans l'hôtel. Dix minutes après, ils sortent accompagnés de deux hommes menottés. Je vois Marcel qui leur parle et donne des ordres à ses militaires. Les voitures chargés, ils partent à font de train. Direction la gendarmerie d'Avranches. En les voyant partir, Germain pousse un cri.

– Mais c'est lui, c'est François. Ce salopard, ce salaud il nous aura bien eut.

Germain était en rage de voir son chef menotté. Pendant quatre ans, ils ont travaillé ensemble, accomplie des missions sur le terrain. Il avait une grande confiance en lui, et voilà, plus de chef. Le service archéologique va devoir se réorganiser, avec un nouveau chef.

J'enclenchais une vitesse et nous quittons Granville pour rejoindre Avranches. Maintenant, il va falloir les faire parler et ça cela va être une autre paire de manche. Trouver la solution pour les faire craquer. Philippe rongeait son frein, lui qui pensait intervenir pour l'interpellation, en était pour ses frais. L'ambiance dans la voiture n'était pas au beau fixe. Elle était comme le temps d'aujourd'hui, mi figue mi raisin. Je mets de la musique latine pensant les réveiller mais rien, ils sont atones tous les deux. De guerre lasse, je n'insistais pas. Germain malgré sa déconvenue, était heureux de participer à une enquête policière. Une heure plus tard, on arrive à la gendarmerie, le capitaine nous attend dans l'entrée de la gendarmerie. Il était heureux de son arrestation, et il nous dirigea vers son bureau pour finaliser l'interrogatoire.

– Bonne prise Jérémy, ils ont été surpris de nous voir arrivés. Ils ne si attendaient pas. Tu aurais vu la tête qu'ils faisaient en nous voyant arrivés. Alors, nous avons un nommé François Berlevent et l'autre s'appelle Eugène Manivelle. Comme c'est toi qui mène l'enquête, je te laisse diriger l'interrogatoire, je ne ferais que t'assister.

Le capitaine tenait entre ses mains les passeports des deux hommes, ce qui m'étonnait. Pourquoi avait-il leur passeport sur eux ?

– Bon Jérémy et capitaine Tumart, suivez moi, vous Monsieur Rocher, vous nous attendez dans cette salle là, vous avez la télévision et de la lecture.

En passant près de l'entrée, J'aperçois une meute de journalistes devant les grilles de la gendarmerie. Ils ont fait vite. Comment ont-ils été avertis de cette interpellation ? On arrive au sous-sol, où se trouve les cellules et la salle d'interrogation. Je m'arrête devant la première salle aux vitres sans tain. Un homme est assis, les menottes aux mains. Crâne rasé, boucles d'oreilles, c'est notre homme. Il a une vraie tête de légionnaire, un regard noir et fermé. Il ne bouge pas, ses yeux regardent un point imaginaire sur la table. Puis, il regarde vers la glace sans tain, semblant nous chercher à travers cet écran translucide. Il ne nous voit pas, mais il devine notre présence. Son regard devient fixe, ses yeux sont chargés d'éclairs. Puis d'un seul coup, il nous fait un bras d'honneur, l'index levé vers le plafond. Je le regarde placidement et me dis qu'avec cette tête de brute, les choses ne vont pas être faciles.

Dans l'autre pièce, un homme de taille moyenne, l'air falot fait le naturel. Sa bouche en cul de poule siffle un air populaire. Les cheveux mi-longs, légèrement grisonnant tombent sur ses tempes, il a un visage allongé, avec un menton en galoche et une fine moustache posée sur ses lèvres charnues. A le voir comme cela, on pourrait le croire insignifiant, secondaire, un homme sans responsabilité. Alors que c'est un psychopathe, c'est lui le chef du gang, un homme qui froidement a envoyé à la mort, Brisset et Machin, qui a organisé le vol du manuscrit en accusant la fille de l'écrivain. Cet homme insignifiant est en fait un grand criminel.

Mais une question me vient, je me tourne vers le capitaine et l'interpelle.

– Marcel, en perquisitionnant dans leurs chambres, as-tu trouvé le manuscrit ?

– Non je n'ai rien trouvé, à part leur passeport et leur valise, rien.

– Mais alors, où se trouve t-il ? Les valises et les passeports, cela veut dire qu'ils avaient l'intention de s'envoler quelque part. Bon allons d'abord interroger le mercenaire.

Nous nous asseyons tous les trois en face de lui, notre force numérique ne l'intimide pas, au contraire, il nous nargue. Il nous fait l'impression d'être un jeune coq dans un poulailler. Il pérore de fierté et nous provoque.

– Alors vous êtes trois pour me faire sortir les vers du nez. Vous avez peur de moi ? Vous n'êtes que des femmelettes, des minables.

Je sens Philippe tendu comme un arc, prêt à riposter. Je lui fais signe de ne pas bouger. Il ne faut surtout pas entrer dans son jeu, ne pas aller dans la violence comme lui car c'est ce qu'il cherche nous amener dans sa brutalité verbale pour mieux nous déstabiliser. Non, je crois qu'avec la force tranquille et la patience, on va arriver à le faire parler. L'enregistrement est en route, dans le poste de télé accroché au mur, je vois notre homme. Parfait me dis-je, allons-y. Je regarde ma fiche et je parle lentement.

– Vous vous appelez Andrew Hammler, né à Houston en 1979, nationalisé français en 2004. Vous avez fait la légion étrangère, je ne vais pas lire tous vos méfaits car la liste est longue, vous êtes un tueur, Mr Hammler ?

– Et alors ! Cela a été mon passe temps favori à une époque. Et j'étais payé pour ça. Et dans ces pays là, je le faisais avec plaisir. Massacré du noir, quel plaisir, quelle joie j'ai eu.

Je ne pouvais plus supporter cela, ses paroles infâmes sur l'être humain, quel qu'il soit, noir ou blanc, me dégoûtaient. Ce racisme primaire m'offusquait. Je me levais et tournais en rond dans la pièce. Philippe était cramoisi, mais il se retenait pour ne pas le frapper, son arrogance le mettait hors de lui. Le crâne rasé était fier de lui et se marrais d'un grand rire tonitruant. Il fallait calmer le jeu, revenir sur les crimes et le vol du manuscrit. Je m'assois et calmement, je pose les questions essentielles, refoulant de ma tête sa diatribe.

– Qui est pour vous Mr François Berlevent ?

– C'est mon chef et **mon** ami grâce à lui en arrivant en France, j'ai travaillé.

Hammler avait insisté sur le **mon**, cela voulait tout dire.

– Quel était votre travail au sein du service archéologique ? Vous connaissez bien l'archéologie ?

– Non, je ne connais rien dans les vieilles pierres et les vieux parchemins. Mon travail était de surveiller les chantiers, j'étais la courroie de transmission entre François et ses équipes de merdeux.

– Mais d'après ce que j'ai entendu, on ne vous voyait pas souvent au travail, parfois vous étiez absent pendant une semaine, voire plus. Que faisiez-vous d'autre ?

– Et bien, les poulets aiment bien écouter les ragots de trottoir à ce que je vois. Oui, j'avais une certaine liberté, je faisais un travail parallèle avec François.

– Qui était…

– Ca, je ne le vous dirais pas, même sous la torture, bande de « nazes ».

– Et le manuscrit où est-il ? Demande Jérémy.

– Bien caché.

– Mais où ça ?

– A vous de le chercher. Demandez-le à la fille de l'écrivain. Débrouillez vous. Jajajajaja…Bande de connard.

Philippe ne tenant plus se met debout face à lui. Il ne supporte plus ses réflexions. Deux hommes de grandes statures s'affrontent. Le crâne rasé, écrasé par la hauteur du capitaine veut se mettre à son niveau. Se levant brutalement, il oublie qu'il a les mains attachées à un crochet fixé au sol. Les menottes le rappellent brutalement vers le bas. Et notre homme se trouve affalé entre la chaise et la table. Il se trouve pitoyable, Philippe en profite pour le soulever comme un fétu de paille et le rassoit avec force en passant son coude heurte maladroitement son œil droit. Le crâne rasé pousse un cri de douleur. Le capitaine de gendarmerie donne un coup de main à Philippe pour le calmer. Il essaie de se relever, mais Philippe veille au grain, et le tient fermement. Au passage il prend un deuxième coup sur le nez qui se met à saigner.

– Bon, on se calme maintenant, dit Jérémy. Sinon, on vous met en cellule.

– Je n'en ai rien à foutre de vous, vous pouvez aller vous faire « enculer », bande de salopes. Oui, j'ai tué ce Machin avec plaisir, vous auriez vu son regard quand je l'ai transpercé et que j'ai retiré lentement la lame crantée de son cœur, arrachant ses chairs. Il hurlait de douleur, il s'accrochait à moi dans un ultime sursaut. D'une main, je l'ai balancé. C'était une ordure, il voulait nous doubler. François m'avait dit « tues le ! » Et je l'ai fait.

– Est-ce vraiment vous ? Ou alors il s'agit de votre collègue.

– Mon collègue, ce Jean pierre Lesaux, cette poule mouillée, non c'est bien moi qui l'ai tué. J'ai laissé un bouton de son kabic sur les lieux du crime, pour le faire accuser. Mais vous avez deviné la supercherie, je crois.

– Oui, j'avais un doute, sur ces deux crimes. Et le bouton était trop visible pour être vrai.

Je réfléchissais rapidement, tout ce qu'il venait de dire rentrait dans mes déductions. Le bouton avait deux empreintes, celle de Manivelle et celle de Lesaux. Ce qui nous manque maintenant, c'est le manuscrit et la fille de l'écrivain.

– Bon, pour l'instant, on arrête là votre interrogatoire, j'en ai assez pour vous mettre en garde à vue. Vous pouvez l'incarcérer, capitaine Berthouloux, pour l'instant j'en sais suffisamment. Allons voir ce François Berlevent.

Ma cervelle tournait à fond, pas de manuscrit, un tueur et le chef de gang arrêté. Que devient le deuxième tueur et Céline ? Il va falloir faire vite car s'il n'a plus de nouvelle des autres, il est capable de faire des conneries. Il va falloir aller rapidement au Mont et procéder à l'arrestation de ce troisième larron. Je regarde ma montre 18 heures. Nous n'avons pas le temps de continuer l'interrogatoire, le plus urgent c'est de libérer la fille de l'écrivain. Le capitaine Berthouloux est d'accord et demande à deux hommes de l'accompagner. Nous roulons à vive allure. La voiture de la gendarmerie, gyrophare en marche, nous ouvre la route. Au Mont, nous gravissons le début de la Grande Rue, puis à gauche nous prenons la direction du cimetière. Arrivés au bâtiment rénové, un gendarme reste en bas pendant que nous montons silencieusement au dernier étage. Devant la porte, un gendarme lance son bélier avec force contre le battant qui explose avec fracas. Les hommes, armes au poing entrent à l'intérieur. Un léger bruit au fond d'une pièce les met en alerte, chacun se protège et avance par à coup. Des coups de feu retentissent, un grand cri et un gendarme s'écroule.

Dans la mansarde, Céline se languit, elle est affamée. Depuis quand, ne lui on t-ils pas donné à manger ? Impossible à savoir, sa gorge est sèche, elle n'a plus de force pour se lever, pour se rendre dans le petit réduit servant de toilette. Pourtant, elle devrait le faire, mais elle n'en a pas le courage. Boire cette eau du robinet lui ferait du bien, mais non, elle reste là proscrite. Quand d'un seul coup, elle entend un bruit bizarre, comme une porte que l'on ouvre avec force. Le bruit est assourdi mais assez fort pour l'entendre. Céline réfléchit, d'habitude je n'entends aucun bruit pourquoi aujourd'hui cela est possible ? Elle regarde vers la porte, elle croit deviner un rai lumineux sous la porte, elle se lève péniblement et marche en s'appuyant sur le mur. Mais oui, la porte est entrouverte. Son cœur bat la chamade, elle va pour l'ouvrir entièrement quand elle lâche brutalement le battant.

Le bruit des tirs de pistolet résonne dans ses oreilles.

La peur la taraude, que faire ? Se dit-elle.

Après un moment d'hésitation, elle ouvre en grand la porte, elle regarde un peu partout, elle s'aperçoit qu'elle se trouve dans un grenier. Elle avance vers le milieu, elle est entourée de vieux livres, de vieilles chaises et de diverses babioles. Au loin, elle voit une rampe d'escalier, elle s'approche et s'apprête à descendre les marches quand elle entend un bruit de lutte. Elle continue son avancée lentement, elle se baisse pour bien regarder ce qui se passe, elle se trouve dans un couloir, à gauche elle voit un gendarme accroupi, l'arme à la main qui lui fait signe de ne pas bouger, à côté de lui, un autre gendarme est allongé, du sang coule. Elle se tourne vers la gauche et aperçoit le salon. Elle voit deux hommes, deux colosses qui s'affrontent en poussant des cris. Le bruit des coups de poing et les cris des hommes se répercutent dans l'appartement.

Je vais pour intervenir pour aider mon adjoint, quand je reçois le poing du truand en pleine figure, je tombe à quatre pattes. J'ai la lèvre inférieure qui saigne, étant assis, je vois un peu plus loin, la fille de l'écrivain qui assiste au combat de coqs, Philippe qui se rue sur le truand, et se trouve catapulté à l'autre bout de la pièce. En tombant, sa tête heurte la dalle de ciment de la cheminée et il tombe dans les pommes. A l'endroit même où la jeune fille a été tuée, la trace de sang au sol est encore visible. Ma foi, le destin fait bien les choses, se faire assommer à l'endroit même où il a tué cette pauvre femme est un signe du destin, la revanche des dieux du Mont.

Les gendarmes viennent lui mettre les menottes et le ramène à leur voiture. Le capitaine est en pleine discussion avec les pompiers qui soigne le blessé. Le militaire est revenu à lui et se trouve assis à même le sol. Je me tourne vers Philippe qui amène la jeune fille sur une chaise. Il a le visage tuméfié, l'arcade sourcilière s'est ouverte, et le sang coule abondamment. Les pompiers emmènent le gendarme sur une civière. Le capitaine nous rejoint auprès de Céline. Philippe revient de la cuisine avec du jus de fruit et des biscuits qu'il donne à la jeune fille.

— Bon Marcel, tous les protagonistes sont sous les verrous maintenant, Céline Brisset est libre. Notre enquête, se termine bien. Mais il nous manque le manuscrit.

Les pompiers reviennent avec le brancard et mettent Céline dessus, elle a l'air radieuse, un léger sourire se dessine sur son visage blanc. Elle a les yeux enfoncés dans ses orbites avec de grands cernes autour. Un petit séjour à l'hôpital lui fera du bien et ensuite la vie reprendra le dessus. Je me dirige vers elle pour lui dire quelques mots. Je lui prends délicatement la main et elle pose sa deuxième main pardessus la mienne.

– Alors, mademoiselle Brisset, contente que cela se termine. Un petit séjour à l'hôpital vous fera du bien.

– Oui monsieur, c'est vous que j'ai vu l'autre jour, me faisant un petit signe de la main.

– Commissaire divisionnaire, Jérémy Roncher de la criminelle d'Evry, mademoiselle, oui c'est bien moi.

– D'Evry, mais alors nous sommes voisins, moi j'habite à Mennecy. Et mon père où est-il ?

La piqure faite par le médecin réagit brutalement, elle s'endort d'un seul coup. Puis les trois hommes restent seuls dans le salon. La question est, où se trouve le manuscrit ? Je parlais tout haut pour que tout le monde m'entende.

– A l'hôtel, vous n'avez rien trouvé, François Berlevent descend de Paris et il n'a pas ce document. Ce manuscrit est ici sur le Mont, j'en mettrais ma main à couper. Mais où ? Les deux seuls endroits où l'on pouvait le trouver, c'est soit l'hôtel ou bien ici.

– Vous croyez chef, que ce document se trouve ici. Dit Philippe.

– Tu as raison Jérémy. Il n'y a qu'ici, qu'il doit-être. C'était leur lieu de rencontre. Cherchons, moi je prends la cuisine, toi le salon et Philippe les chambres.

Une heure après, rien. Pas de manuscrit. Même les waters ont été fouillés, la chasse d'eau ouverte, mais rien, là-aussi. On tourne en rond. Mais où est-il ce document ? Que nous a-t-il dit ce Hammler ? « Bien caché », « demander à la fille de l'écrivain ». Cela veut dire quoi ? Quand d'un seul coup, je me tape le front. Philippe et le capitaine me regardent éberlué.

– Le grenier, la mansarde.

Tous les regards se tournent vers la rampe d'escalier, pourquoi ne pas y avoir pensé plus tôt. Nous gravissons les marches et arrivons dans un grenier, dans le fond on aperçoit la mansarde où était retenu Céline. Autour de nous, c'est le bordel, il y en a partout, une multitude d'objets, digne d'un brocanteur. Je cherche le commutateur pour mettre un peu plus d'éclairage. Et nous nous mettons au travail. Une heure après toujours rien. Je regarde ma montre vingt et une heure. Ouh là, je crois qu'aujourd'hui, nous n'allons pas manger, le restaurant de l'auberge sera fermé. Je regarde le capitaine qui a compris, il prend son portable et appelle l'auberge.

– Voilà c'est fait, Jérémy, le patron va s'occuper de nous et nous faire à manger, parce que moi aussi j'ai faim. Continuons à chercher.

Et nous voilà repartis à la besogne, mais on ne trouve toujours rien bien que le grenier soit mis sans dessus dessous. Je me dirige vers la mansarde, seul endroit que l'on n'a pas fouillée. Je vois une pièce capitonnée, un matelas à même le sol, deux chaises et une table, la petite lucarne est ouverte. Pas d'autre meuble, sur le mur je vois des traces de sang, c'est le calendrier sanguin de Céline. Nous sommes tous les trois au milieu de la pièce, regardant autour de nous. Philippe va dans le petit réduit servant de toilette et pousse un cri.

– Chef, venez voir, regardez ces « chiotes », je suis sûr que c'est là dedans.

Il enlève le chapeau de la chasse d'eau et plonge la main à l'intérieur et sort un gros paquet en plastique.

– Bingo, crie t-il, on va pouvoir manger maintenant.

22

Je me réveille instinctivement, je regarde l'horloge numérique qui diffuse des chiffres lumineux. Ce halo de couleur vert fluo m'annonce 6 heures trente. La nuit s'est bien passé, j'ai dormi comme un loir. Même Moïra et Roman n'ont pas perturbé mon sommeil, comme si l'enquête terminée, cette histoire romanesque s'arrêtait là.

Mais ces deux héros ont-ils existé ?

Il est difficile d'imaginer que ces atrocités ont été vécues à cette époque médiévale.

Ce livre m'a marqué, au point d'en rêver dans cette enquête fastidieuse. L'imaginaire se mélange avec la réalité.

La réalité du Mont-st-Michel, c'est un fait, la merveille, les cryptes et le village sont là, bien réel.

Mais Satan, St Michel, Moïra, Roman etc....

Qu'en savons-nous ?

Les pierres ont une mémoire, mais elles ne savent pas parler.

Après ces élucubrations hautement spirituelles, je me lève et je me dirige vers les fenêtres pour admirer le panorama, sûrement pour la dernière fois, car dans deux jours retour au bercail.

Le ciel est clair, la lune en quartier déclinant, éclaire cette mer calme. On devine les petites vagues par le liseré blanc occasionné par la lune. Les multitudes lumières de couleurs ocres, montrent Avranches encore endormi. Un froid glacial me pénètre, je fonce rapidement à la douche. L'eau brulante tombant sur les épaules me réchauffe. Un épais nuage de vapeur envahit la salle de bain. Une légère douleur me titille la bouche, je me regarde dans la glace, ma lèvre du bas est gonflée et a pris une couleur bleutée. Je m'habille chaudement à grande vitesse car le froid de la pièce est terrifiant. J'ai l'impression que la température s'est rafraîchie.

Je frappe à la porte de Philippe. Il a une tête à faire peur à un enfant. L'œil droit est de toutes les couleurs de l'arc en ciel, l'arcade est recouverte d'un discret pansement. Nous descendons au restaurant, contents de nous, que cette enquête se termines. Germain nous attend, il s'est mis d'office à notre table, lui par contre n'a pas l'air en forme. Son chef, un chef de gang ayant du sang sur les mains, l'a traumatisé. Il a du mal à remonter la pente. Nous déjeunons en silence, personne n'a envie de parler.

Le stress, la pression de cette enquête est en nous, il faut l'évacuer. A la fin, je me décide à parler.

— Bon Philippe, aujourd'hui, nous devons continuer l'interrogatoire des malfrats. Puis nous irons voir la fille de l'écrivain. Et toi Germain qu'as tu prévu de faire.

— Je peux vous accompagner à Avranches, vous me déposez au scrytorium, j'ai un petit travail à terminer.

— Pas de problème, nous partons dans trente minutes, leur dis-je.

Épilogue

L'interrogatoire des trois truands se termina au bout de deux jours. Après quelques résistances, surtout celle du crâne rasé qui est un borné d'abruti, ils avouèrent leurs méfaits. Le gang était bien dirigé par François Berlevent, sous les directives d'un grand responsable du service culturel, qui actuellement se trouve sous les verrous avec ses comparses. François Berlevent assurait un travail de délation au sein du service archéologique, puis a organisé le vol du manuscrit en accusant Céline de l'avoir fait, mais comme son père s'en mêlait de trop, il l'a séquestrée le temps de la vente de ce document à un richissime américain, qui a disparu de la nature et du sol français. Mais voilà le père allait trop loin et prenait trop d'initiatives pour faire libérer sa fille. Ayant peur que cela dégénère, il embaucha d'abord Eugène Manivelle et ensuite Jean pierre Lesaux. L'un était chargé de régler les affaires parisiennes dont le meurtre de Machin et l'autre devait garder la jeune fille et le manuscrit et il a été chargé de tuer l'écrivain. Le couple d'amis de Céline Brisset qui avait participé au kidnapping, ont été retrouvé dans le bois des folies à Lisses, chacun une balle dans la tête. François Berlevent a avoua ces crimes.

Monsieur Machin est malheureusement un incident de parcours, il a voulu jouer solo, en rançonnant Julien Brisset, l'écrivain, cela lui a coûté la vie.

Céline Brisset après un séjour de huit jours à l'hôpital a regagné son appartement de Mennecy en Essonne. Elle a repris son travail au service archéologue avec Germain Rocher qui remplaça le poste de François Berlevent laissé vacant. Tous deux organisèrent des fouilles dans l'Essonne remettant en valeur leur service qui était tombé en désuétude par Berlevent et Manivelle.

Et moi j'ai repris mes activités à mon bureau d'Evry. Lupé contente de me revoir en entier m'embrasse fortement. Et le baiser eut le goût du sang, ma blessure s'étant rouverte sur sa fougue amoureuse.

Et Philippe en a fait autant, passant beaucoup de temps sur son portable. Garlonn, sa petite brunette du Mont est amoureuse d'un temps qui perdure.

Germain continu de voir sa Cloé et parle de mariage.

L'amour, l'amour, il n'y a que ça de bon dans la vie.

FIN

www.ingramcontent.com/pod-product-compliance
Lightning Source LLC
Chambersburg PA
CBHW060126260626
47160CB00005B/2033